SpecTator

스펙테이터

BBULMEDIA FANTASY STORY

SperTator

스펙테이터

약먹은인삼 퓨전 판타지 소설

8

Contents

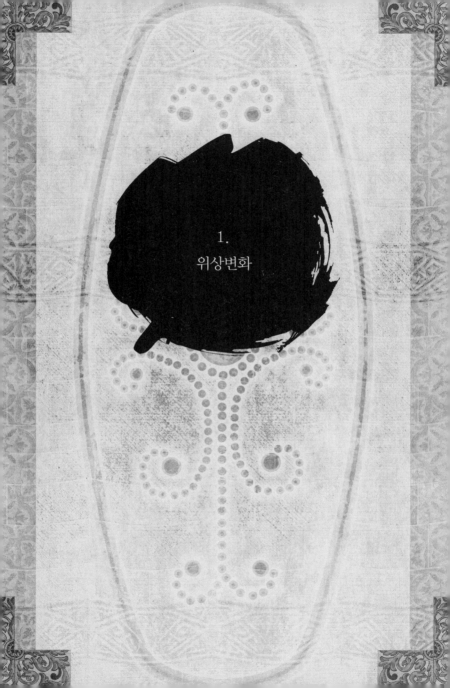

1.

위상변화

　여인의 손짓에 따라 들어선 곳은 마치 동화 속에 온 듯한 세상이었다. 바람을 따라 출렁이는 잎사귀들이 우르르 모여 꽃이 되었다가 쫑긋한 귀를 가진 동물로 변했다.

　작은 아기천사들이 사는 공간. 이곳은 요정들이 사는 세계였다.

　모랫바닥 위에는 '꽃! 고양이? 몰라!' 하며 글자가 스스로 퍼덕였고, 오색빛을 내뿜는 요정이 허공에 팔베개하고 쿨쿨 잠을 자노라니 몽실몽실 날아다니던 민들레 홀씨가 나를 보며 '쉿!' 깨우지 말라고 몸짓했다.

　사물 하나하나가 살아 있는 것 같았다.

　'맨 정신으로 꿈을 꾸는 기분이야.'

나는 동화 나라의 유일한 관람객이었다.

점차 부유하는 구름처럼 육신의 무게가 지워졌다. 기화하는 물과 같이 감각이 아련해지더니 어느덧 동화 나라의 일부가 된 양 감각은 아늑하고 아득해하게 스러져 갔다.

그쯤.

"어딜 보우?"

익숙한 목소리가 나를 일깨웠다. 유체 이탈을 하듯 떠오르던 나의 정신이 몸으로 돌아왔다.

하강하는 속도에 따라 보이는 형태들이 다시금 변모했다. 깨진 거울의 굴곡진 면에 따라 크기와 형태가 제각각으로 보이듯이.

그제야 깨달았다. 이 현상은, 비밀의 시선 덕분에 보게 되었음을. 비밀의 시선이 위상변화라는 힘을 품게 해 주었다는 사실이었다.

"여기라우."

아래를 향하니 오색빛깔의 중년 여성이 있었다. 발목을 갓 넘은 아주 작은 키의 그녀는 내 옷소매에 매달려 둥실 떠올랐다. 나풀거리는 색동옷이 날개처럼 느껴졌다.

포도향이 나는 요정 여인.

"호홍~ 이리 생긴 인물인지는 몰랐수."

그녀는 암시장에서 만났던 위시 노파였다. 암시장에서 헤어지며 그녀에게 백화목의 열매를 선물한 기억이 선명했다. 그때의 외모와 비교하면.

"고지가 멀지 않아 보이는군요."

대단히 젊어졌다. 비록 목소리는 아직 늙수그레하지만, 그때의 노파를 떠올리면 분명한 발전이었다. 내 말에 그녀는 백치처럼 환히 웃었다.

"덕분에 효과를 톡톡히 봤수."

얕은 주름과 하얀 치아를 보이며 웃은 그녀는 청보라색 루콘을 꺼냈다. 그녀의 루콘에는 환혼력이 가득 담겨 있었다.

위시 여인은 이를 뚝 분질러 나뭇잎에 맺힌 새벽이슬을 떨어뜨리듯 기울였다.

똑.

마침내 루콘의 끝에 아롱져 있던 환혼력의 이슬이 떨어졌다. 손가락으로 이슬을 잡은 그녀는 곧 사탕 먹듯 깨물었다. 그리고 두 조각의 루콘을 다시금 합치며 손가락을 세 보였다.

"하나, 둘, 셋. 짠!"

마술사처럼 말하고 루콘을 다시 분지르자 환혼력 구슬이 또 맺혀 있었다. 고정된 지혜로 마르지 않는 내 환혼력의 특성이 저 루콘에 고스란히 구현되어 있었다.

암시장에서 호객 행위를 해야 얻을 수 있는 루콘이 내 덕분에 조금씩이나마 꾸준히 생겼다는 뜻이다.

"먹어도 먹어도 계속 나오는 건 좋았는데 차가워서 이가 시린 게 단점이우. 많이 먹으면 배탈도 나서 뜨거운 게 필요도 하고."

입김을 부는 여인의 호흡은 조금씩 맑아졌다. 늙수그레함이나 탁한 숨이 시간을 거스르듯 마지막에 가서는 외모에 어울리게 젊어진 것이다.

하아—

소복하게 뭉쳤다가 부서지는 입김에는 아카시아 향이 가득했다.

"따끈한 차 한잔 어떻수?"

위시 여인은 내게 뒤쪽을 가리켜 보였다.

"좋습니다."

고개를 끄덕이고는 꽃잎처럼 날아가는 그녀를 따라 걸었다.

⊠ ⊠ ⊠

위시 여인의 인도를 따라 산 정상에 도착했다. 굽이지

고 우뚝 솟은 그곳은 호박색 액체가 가득 담긴 호수였다. 일찍이 내가 얼음을 깨고 수련하던 곳과 위치는 같으나 경치는 하늘과 땅 차이였다.

소녀의 상반신을 한 인어들이 유유히 헤엄쳐 우리에게 다가왔다. 그리고 동그랗고 달콤한 열매를 내밀며 재잘거리듯 말했다.

—이거? 먹을래?

—응응. 맛있어!

—한 움큼 먹고 코로 숨 쉬어 봐. 행복해져.

이윽고 새들처럼 나를 보고 위시 여인을 번갈아 보더니 몸을 배배 꼬았다.

—애인? 연인? 아님, 결혼한 거야?

—어디까지 갔어? 손? 입? 아니면…… 아잉!

—헤헤헷. 히히히!

갑자기 인어들은 낭만적이라는 표정을 지으며 서로 껴안고 조개로 장식한 귓가에 숨을 불어넣었다. 난데없는 행동에 당황스러울 따름이다.

"어휴. 또 그거 구경한 거냐?"

폴짝 뛴 위시 여인이 호수의 어린 인어들과 대화했다.

"먹는 거랑 짝짓긴 왜 그렇게 봐?"

—그거 할 때 인간들은 많이 좋아해. 먹고 짝짓기.

─응! 진짜 진짜 좋아해. 짝짓고 먹기!

─잠자는 건 보는 재미가 없음! 너희도 할 거? 지금 여기서?

위시 여인이 빽 소리를 질렀다.

"안 해!"

─흥!

─치!

─헹!

팩 토라진 척 팔짱을 끼더니 이내 까르르 웃었다. 그리곤 수면 밑으로 들어가 저편에서 얼굴을 내밀고는 위시 여인에게 손을 흔들었다.

멀뚱히 서 있는 나와는 달리 위시 여인은 나풀나풀 떨어져서는 어린 인어들 너머의 연꽃에 사뿐하게 내려앉았다.

그리고 배를 타고 노를 젓듯 연꽃을 쭉쭉 밀고 내 앞에 당도했다. 그녀는 타고 온 연꽃을 내게 권하고 자신은 작은 호박잎의 잔을 들었다.

"저 아이들은 감정 중에서도 즐거움을 좋아한다우. 그러다 보니 좀 말이 야해졌수."

"순진무구한 아이들의 말처럼 들립니다. 오해하지 않아요."

식욕, 성욕, 수면욕이라는 건 진즉 이해했다.

"그럼 다행이우."

그녀의 권유대로 연꽃을 잡아 들었다. 손가락으로 잡히는 작은 그 안에는 연분홍색의 맑은 액체가 찰랑거리고 있었다. 한 모금 입에 머금었다가 삼켰다.

혀를 타고 넘어온 연분홍색 음료는 지금껏 맛본 적 없는 단맛이었다. 사르르 흩어지는 미각이 손짓하며 멀리 떠나 버리는 듯했다.

"맛을 품평할 줄은 모르지만, 몸과 마음이 편안해지는군요."

로맨틱 영화의 한 장면처럼 사랑하는 연인이 눈밭에서 숨바꼭질하듯 가 버렸다. 그러더니 현실의 내가 입맛을 다셨다. 제임스이자 호캄인 나뿐만 아니라, 이상현의 몸이 같은 행동을 똑같이 한 것이었다.

'미각은 세계를 넘나들기라도 하는 걸까?'

양쪽에서 같은 맛과 향이 오가는 건 실로 묘한 체험이었다. 과연, 이 정도라면 저 인어들이 즐거움에 만끽하는 것도 당연하리라.

"착할수록 맛있는 차라우. 추억만큼 행복해지는 거라서 추억이 없으면 맛도 없지. 귀한 손은 좋은 기억이 많은가 보우."

"그거 정말로 좋은 말입니다. 저도 헛산 건 아니군요?"

위시 여인은 크게 웃더니 나의 눈높이까지 둥실 떠올라서 눈을 마주하였다. 주름지고 선한 눈매와 맑은 눈동자에 이질적으로 하얀 내 모습이 맺혔다.

나는 접속과 동시에 그녀가 이곳으로 이끌었음을 회상하고 물었다.

"어떻게 나를 찾은 겁니까?"

그리고 이곳으로 데려온 이유는 무엇일까.

"귀한 손 덕분에 루콘이 계속 생겼다우. 거기서 일하기보다 귀한 손을 찾아 나서는 게 당연한 거 아니겠수?"

그녀는 생글생글 웃었다.

"안 그래도 묻고 싶었수. 대체 귀한 손은 누구기에 이런 게 가능하우?"

"고유 특성입니다. 그보다……."

루콘이 계속 생성되는 걸 노파가 궁금해했다. 나는 맺혀 있는 환혼력의 구슬을 보다가 간단히 대답했다.

"저는 마력의 생성이 가능하다는 점이 오히려 흥미롭군요. 그 특성이 전가된다는 사실이 말입니다."

일전에 그녀는 루콘에 대해 이리 이야기했었다.

생명력보다 높은 것. 더욱 순수하고 본질적인 힘. 그러나 말로는 표현할 수 없는 무언가. 스핑크스의 물음처럼 수수께끼와도 같았던 그녀의 이야기였다.

'마르지 않는 마력은 분명히 내 힘이 맞아.'

그런데 이 특성이 루콘에까지 적용된다는 건 참으로 기이한 일이었다. 아마도 암시장이 융켈의 신전이었고 내가 접속한 기기 역시 융켈의 것이었으니 뭔가 상호연관이 있었을는지 모르겠다.

"그 이후로 나를 따라온 겁니까?"

"열심히 찾아다녔고 오늘에야 발견한 거라우. 흔적이 쭉 이어지다가 어느 순간에 뚝 끊어지는 바람에 많이도 헤맸거든."

"루콘이 나침반 역할을 한 셈이군요."

호로록 차를 마시며 그녀가 고개를 끄덕였다.

"물질계보다는 요정계가 훨씬 이동이 쉬워 보입니다."

"그래서 수색하거나 찾을 때는 이쪽 통로를 이용하는 인간들도 조금 있다우."

정보를 관리하는 이들. 현실로 치면 흥신소와 같은 곳을 운영하는 이에게 정령계는 비밀스럽고 중요한 수단이라 했다.

"혹시 루콘이라는 것이 존재를 초월하게 하는 힘을 말하는 겁니까?"

"격 말이우?"

위시 여인이 고개를 갸웃했다.

"격의 완성이자 추구한 가치가 펠마돈! 반대로 루콘은
그 토대이자 순수라우."

재차 물었다.

"영혼력입니까?"

"더 높은 순수라우."

"고양된 정신의 힘입니까?"

"더 낮은 순수라우."

높다더니 이번에는 낮다고 한다. 내 식대로 쉽게 이해
해 보기로 했다.

"공진력은 아닌지요?"

환혼력을 생성시키는 힘은 혈력과 기력, 마력의 충돌로
발생하는 절묘한 균형과 조화다.

이를 다루는 에일락 반테스의 독자적인 깨달음이 여기
에 속하며 과거 펜던트는 공진력이라 이를 표현했었다.

"반대의 순수라우."

"……혼란스럽군요."

이거야 원. 의문을 해갈하지 못하는 나만큼이나 그녀도
궁금해했다.

"분명히 귀한 손이 넉넉하게 갖고 충분하게 다루는 건

데 그걸 왜 이리 모르우?"

"제가 가진 힘은 모두 말했습니다."

"빠뜨린 게 분명히 있수. 잘 생각하면 곧 떠오를⋯⋯ 가만."

얘기하던 여인이 무릎을 탁 쳤다.

"귀한 손은 이름이 어찌 되우?"

"[이상현]입니다."

"어이쿠?"

그제야 그녀는 자신의 머리를 쥐어박으며 자책했다.

"어쩐지~ 경계에 선 존재였구나. 들어도 말할 수 없는 이름!"

"감이 잡힌 겁니까?"

"그렇수. 지성 있는 호캄께서는 세계가 평평하다고 보우, 동그랗다고 생각하우, 네모나다고 믿수?"

"네모난 것을 보았지요."

지구는 둥근데, new century에 접속하며 본 세계는 네모났었다. 나는 이런 곳도 있다는 사실을 눈으로 보고 알았다.

"옳수. 들여다보는 심연의 깊이만큼 세계는 넓어지는 법. 귀한 손은 네모난 세계가 납작하게 겹쳐져 있다는 걸 이번에 안 거라우. 어디에도 속하지 않았기에 부를 수 없는 자가 된 것이고."

"절반은 이해했습니다."

위시 여인이 다른 예를 들었다.

"혹시 주술에 대해 아우? 영령술이라고도 하고 둔갑술, 무율의 술 등 여러 이름이 있는데."

"코마 종족이라면 알고 있지요."

"옳거니."

그녀는 추임새 이후 빙긋이 웃었다.

"우리가 사용하는 모든 힘은 각각의 세계를 공유하지. 이 중에서도 주술이라고 하는 정신계통의 힘은 심연의 깊이만큼 개화의 종류가 달라지는데, 이는 바라보는 마음의 상태에 지대한 영향을 받는 탓이우."

"그게 지금 상황과 관련이 있다?"

"물론! 한번 주위를 둘러보시우."

재차 환기하매 나는 아이들의 동화 속 같은 풍경을 눈에 담았다.

"이상하지 않수? 이처럼 많은 이들이 있고 온갖 요정이 함께하는데 왜 나만 귀한 손에게 말을 하고 있는지?"

듣고 보니 과연 그러했다. 말하는 주전자, 인어, 글자, 움직이는 나무 등 그들은 저마다 웃으며 화목하게 지내다가 내가 보는 순간, 그들 역시 시선을 내게 보냈다. 그리고 거울처럼 행동했다.

'내가 그의 이름을 불러주었을 때, 그는 나에게로 와서 꽃이 되었다.'

김춘수의 시 구절처럼 내가 웃으면 따라 웃고 무표정하면 무표정한 인상이 되었다. 손짓하자 꽃봉오리를 그네처럼 타고 놀던 금색 나비 날개의 소녀가 내게 나풀나풀 날아왔다. 이를 따라 반딧불이 같은 빛 무리가 반짝였다.

손가락을 내밀어 보았다. 나비 날개의 소녀 역시 손을 뻗었다. 그리고 유령처럼 통과하더니 감쪽같이 사라졌다. 눈을 들어 주위를 바라보니 귀여운 친구들은 처음처럼 다시 자기들끼리 어울리고 있었다.

'이제 알았다.'

알고 있었던 것을 떠올렸다는 것이 정확한 표현이리라. '동화 같다' 고 인지하기에 저들은 나에게 아무런 의미도 없었다.

"투영하는 창(窓)이 되는 게 주술이우. 투명하면 투명할수록 선명해지고 더욱 깊어지는 것이지."

"그래서 자연과 가까울수록 영적인 자아를 쉬이 보고 인간 중에서는 아이와 노인이 주술을 쓰는 거군요."

"정답이우. 완성된 주술은 다른 세상을 현실에 투영하는 거거든."

헛돌던 대화가 착착 주고받기 시작했다.

"꿈의 세상에서 꿈의 주인이 발휘하는 전능함이나 마찬가지라우. 그런데 그럴 일은 단언컨대 없수. 그네들이 말하는 높은 격. 높은 경지에 오른 영령술사는 애써 간섭하지 않거든."

'아는 자는 말하지 않고 말하는 자는 알지 못한다더니.'

참으로 모든 상황에 적합하게 맞는 격언이 아닐 수 없었다. 나는 아름다운 배경에서 눈을 돌려 위시 여인에게 시선을 주었다. 그녀의 색동옷이 유난히 분명한 색채를 띠었다.

"승격한 이가 초월하여 가는 것처럼 지극한 경지의 영령술사는 그 세계와 동화되어 버린다, 이겁니까?"

"비슷하우. 동화되어 묻힌다기보다는 더 깊은 순수, 태고의 근원으로 여행을 떠나는 거니까."

역설적이나, 세상을 바꾸는 이는 높은 이상과 깊은 지혜의 경지에 접어들지 못한 자들이었다. 그런 의미에서 보면 나나 이용택과 같은 이가 현존한다는 것은 그만큼 이례적임을 이해할 수 있다.

"깨달음은 곧 죽음이자⋯⋯."

"진실한 탄생이우."

완벽한 죽음과 현 세계의 일탈은 탄생의 때부터 자아가 택하는 진아(眞我)의 시발점이었다.

훌륭하게 지식을 전해 준 그녀를 나는 고마움의 눈으로 보았다. 그 시선에 조금 부끄러웠는지 위시 여인은 자신의 머리칼을 쓸어 올렸다.

멀리 펼쳐진 요정계의 옅은 배경에서 도드라진 위시 여인. 그녀가 문득문득 보이는 감정의 파도에 따라 수중의 루콘이 작은 새끼 새의 심장 고동처럼 미동했다.

'⋯⋯그랬구나.'

저 간극을 비로소 알았다.

듣고 있는 그녀는 모를 테지만, 나의 환혼력이기에 그 작은 떨림과 변화를 나는 명료하게 느꼈다. 루콘의 환혼력 결정체는 미세한 차이로 조금 더 빠르게 생성되었다.

하나하나의 조각이 모여 중심단락을 드러냈다. 곤바로스의 유물이 도운 걸까, 내 지혜가 그만큼 깊어진 탓일까. 아마도 둘 모두의 효과일 것이다.

"소망이었군요."

"잉? 무슨 말이우?"

앎의 여운은 제야의 종소리처럼 내게 깊고 둔중한 울림으로 다가왔다. 이는 뇌성벼락이 꽈르릉 친 것과는 달랐다. 여운만으로 담담한 미소를 머금게 된다랄까.

지금까지의 대화가 차곡차곡 쌓여서 마침내 담장 너머의 풍경을 볼 높이에 다다른 기분이었다. 우물 안에서 우물 바깥을 보게 된 개구리의 심정이 이럴 것이다.

"루콘은 감정을 담는 그릇입니다. 그중에서도 소원과 소망을 형상화하지요."

온기가 심장으로부터 피부 말단에 퍼져 나가듯 입가로 미소가 지어졌다. 그런 내 반응에 위시 여인이 외려 물어왔다.

"감정이라니. 갑자기 그게 무슨 뜻이우?"

"융켈의 신전에서 거래자는 소망을 팝니다. 가이드는 그 힘을 자신의 소원으로 가공하는 거지요. 루콘은 이를 담고 순수를 걸러 내는 장치이자 그릇입니다."

거래자는 자신의 근간이 되는 힘을 불어넣는다. 메그론의 붉은 힘과 나의 환혼력처럼 고도의 마력으로 오해할 수 있는데, 핵심은 그 힘의 성질이 아니라 담긴 신념과 정념이었다.

높은 수준의 힘은 인생의 격을 담기 마련이니, 고도의 마력이 곧 루콘이라는 오해는 충분히 가능했다. 그러나 정답은 속에서 묻어나는 염원이자 소원의 힘이라는 사실이었다.

"다음으로 가이드의 소원에 맞게 형태를 바꾸는 거지요."

용광로에서 불순물이 제거된 쇳물이 굳으면서 형태가 바뀌듯 가이드의 소원에 맞는 결정체로 재구성된다.

"루콘 패는 일종의 형틀입니다."

정념에서 루콘은 소망을 골라내고 적당한 양이 모여 굳어지면 딱 맞는 조립부품처럼 된다. 이를 먹으면서 가이드의 소원은 조금씩 이루어진다.

"가이드는 업적을 쌓지 못한 존재이기에, 서비스를 대가로 편승하는 겁니다. 소원이 거대하다는 사실은 스스로 도달할 수 없다는 반증이지요. 당연히 더 많은 시간과 노력으로 루콘을 모아야 합니다."

"그리 쉽게 정의되는 게 아니우. 성향은 비슷하지만, 의미는 더 깊고 더 넓수."

나는 소리 내어 웃었다. 비웃고자 함이 아니었다. 나보다 현명하고 지혜롭게만 보이던 그녀의 사고가 딱딱하게 굳어 있음이 재밌었고 이를 타파할 수 있도록 도와줄 수 있다는 사실에 기뻤다.

어려움을 보고도 능력이 없어서 발만 동동 굴러야 하는

것보다 백배, 천 배 나은 상황이잖은가.

"지금 당신은 루콘의 효능에 기대어 너무 많은 의미와 가치를 부여하고 있어요. 자고로 모호한 표현은 정확하게 알지 못할 때 사용하는 법. 그래서는 본질을 보지 못합니다."

"귀한 손은 무얼 알게 된 거유? 내게 알려 줄 수 있으시우?"

물론이다.

"살아가며 우리가 겪는 모든 관계는 나와 너, 우리와 너희로 구분됨을 아실 겁니다."

나는 새롭게 진화하는 내적 변화를 수용하며 위시 여인에게 이를 설명해 주었다.

"당신이 루콘을 정의 내리지 못하는 까닭이 여기에 있지요. 요정이면서 욕망을 품었기 때문입니다."

요정족은 사명이 명확했다. 수확의 위시. 농경의 르에르와 같이 딱 목적에 맞게 설계된 것이다. 열심히 살아가며 그 안에서 모든 만족을 얻는 요정들.

그렇기에 인간들처럼 변화무쌍한 욕망에 일희일비하지 않았다. 암시장의 가이드들이 별종인 이유가 여기에 있었다. 결핍된 욕망인 꿈을 품게 된 이유였다.

위시 여인의 소망은 아름다움이었다.

"변화의 누빔점이 된 것이니 고무적인 현상이지요. 그러나 루콘의 가능성이 이를 매몰되게 만들었습니다."

섭리의 일부이고 이를 융켈이 잘 이용했다.

"내가 젊어지고 싶은 게 잘못했다는 것이우?"

"그른 것은 없습니다."

바닥을 밟았기에 더 높이 도약할 수 있는 토대가 될 수도 있다.

다만.

"맞지 않는 것이 있을 뿐이지요. 또한, 실현된 욕망은 영원히 깨지 않는 꿈과도 같습니다."

위시 여인이 뜨끔한 기색으로 반문했다.

"욕심이 욕망을 낳듯이 암시장에서 루콘을 통해 소원을 이루면 나는 그 소원에서 벗어날 수 없다는 의미구려."

역시 현명하다. 맞게 이해하였다.

"최고의 해답은 욕망으로 현재를 벗어나되 탈출에만 치중하지 않는 것. 새로운 나를 정의할 품격을 거머쥐는 것이지요. 이것이 곧 펠마돈입니다."

깡그리 부수고 새롭게 쌓아야 했다. 나아가기 위해서는 지금 있는 자리를 박차고 벗어나는 원동력이 필요하지만, 그 동기에 취하면 결국 안정을 찾지 못하게 된다.

"경험하고 쭉 떠돌다가 자신의 자리를 정하는 것도 지

혜라 알고 있수."

"노인의 지혜는 육신의 한계에서 비롯합니다. 몸이 고되고 더 보지 않아도 무방하다는 습관과 경험에 종속되는 것이지요. 이를 의식의 자유라 오판할 수 있으나 실상은 몸에 구속받은 셈입니다."

"생로병사는 섭리의 일부인데도?"

만물은 상대적이다.

"섭리는 그러하나 격을 논하기에는 부족합니다. 격은 없는 자가 추구할 수 있는 가치가 아니니까요."

가난해진 연후에 무소유의 미덕을 아는 것? 그런 건 펠마돈에 맞지 않았다. 없음을 논하기 위해서는 누구보다 많이 가진 상태여야 가능하다.

"격은 최고의 부자가 자신의 재물을 스스럼없이 놓을 때. 누구보다 강한 자가 가장 낮은 자에게 고개 숙일 때. 더없이 매력적인 이가 자신의 아름다움에 현혹되지 않을 때 비로소 발견합니다."

그 역전된 목적의식이 근본적으로 다른 자아를 확립한다.

신진권을 떠올렸다.

"'나는 매 순간 최고이며 오늘보다 내일 더 완전해진다. 이런 내게 부끄러운 과거는 없다.'"

참으로 무섭고 어려웠던 시절의 그.

"나를 곤란케 한 적수가 했던 말입니다. 오늘의 내가 보기에 어제의 난 미련할지 모르나 이는 최선의 결과를 추구한 것이라 하였지요."

"자부심과 자존감은 미련을 두지 않음에서 얻는 다……. 그가 귀한 손의 맞수였수?"

"대단한 이였지요."

당시 환하게 웃음을 보였던 신진권과 강유나를 기억했다. 살기 위해 필사적으로 연기했던 나날들. 나보다 앞서 나가던 그들을 이겨 낼 수 있던 것은 말 그대로 유물과 행운이 낳은 기적 덕분이다.

가만히 생각하던 위시 여인이 이내 고개를 설레설레 흔들었다.

"쉽지 않수. 이리 들었는데도 결단을 내리기 참으로 쉽지 않아. 게다가 귀한 손이 어찌 단번에 모든 진리를 깨우쳤는지도 솔직히 말해 의심된다우."

'소심해서 그런 거지……' 하며 중얼거리는 그녀에게 내가 확답을 안겼다.

"곤바로스의 유물을 갖고 있습니다."

"지혜의 신?"

"무한의 도서관처럼 온갖 진리가 있으나, 단초가 없으

면 아무것도 알려 주지 않는 불친절한 유물이지만요."

"그런 거였다면……."

잠시간 입을 벌리고 있던 위시 여인이 더 무어라 물으려다가 입을 꾹 다물었다. 그리고 쥐고 있는 루콘과 맺혀 있는 환혼력의 결정을 가만히 보았다.

어떤 선택이 현명한지 내게 묻지 않는 것은 그녀가 충분히 깨달은 덕분이었다. 만약 내게 그 방법을 묻는다면 곤바로스에게 속한 륜들처럼 진리의 노예가 될 테니까.

이윽고 그녀가 긴 한숨을 내쉬었다.

"그래도 하나는 분명하우."

"무엇이 말인지요?"

"귀한 손을 만난 것이 내게는 아주 큰 행운이라는 것."

나는 말없이 웃어 보였다. 내게 새로운 앎을 준 당신을 만난 것 역시 행운이라는 말을 굳이 하지 않아도 우리는 교감하고 있었으니까. 그리고 아련한 감정에서 나는 작별의 때가 왔음을 예감했다.

위시 여인은 잠시 눈을 감았다. 나는 그녀가 생각을 갈무리할 시간 동안 차분히 기다려 주었다.

이윽고 그녀가 말했다.

"사실 귀한 손에게 내 소개를 하지 못하는 이유가 그것이우. 위시로서 말하면 젊어지려는 나를 부정하는 꼴이고 그러자고 새로이 정하자니…… 좀 두려웠거든."

"무엇이 말입니까?"

나는 그녀가 편히 말할 수 있도록 물어봐 주었다.

위시 여인은 바람을 쭉 내보내는 풍선처럼 공기 중을 자유롭게 유영했다. 그리곤 내 눈앞에 둥실 떠오른 채로 내 눈앞에 앉았다.

구름처럼 바람에 따라 떠다니는 그녀의 모습이 조금씩 옅어져 갔다.

"요정들이 물질계에 드러나지 않는 이유는 자연스럽게 겹쳐지는 만큼 활동하고 돌아가기 때문이라우. 이를테면 이 물과도 같지."

위시 여인은 호박색 연못물을 두 손으로 떠서 스르르 밑으로 흘려보냈다.

"작은 물방울이 그리는 아름다운 조화 중에 무지개가 있수."

노랫소리처럼 읊조리는 그녀의 이야기가 이어졌다.

예로부터 무지개를 천국으로 가는 계단이라고 한 것처럼 허공에 수놓인 칠채색의 다리는 이 세상에 보이면서 다른 어딘가에 녹아들었다.

여기에 상상과 동심이 어울려 같은 파장의 세계가 서로

투영된다. 이른 아침에 일어난 소녀가 창밖, 저편의 무지개를 보며 꿈을 꿀 때, 무지개 너머의 요정들도 염원으로 동화(同化)됐다.

"소통하고 연결되고 소통하는 순수한 상징의 다리거든."

햇살이 강해져 무지개가 스러지면 잠깐 열린 동심 역시 떠나 버린다. 하지만 예외가 있으니 사라진 무지개를 가슴에 품고 오래도록 간직하는 이가 그러했다.

녹아들며 하나가 되는 아름다운 매개가 물이며 상징의 무지개다. 그리고 소통의 의미를 얻으려면 우선 작은 물거품이 되어야 했다. 송두리째 버려야 제대로 시작할 수 있다.

위시 여인은 지금 이 순간, 새 출발할 것을 결심했다.

"당신을 기억하겠습니다."

그녀가 빙그레 웃었다. 그리고 쥐고 있던 루콘을 부러뜨려 연못에 획 던져 버렸다. 여인을 포함하던 요정계가 그녀와 유리(遊離)되었다. 눈을 질끈 감았다가 살짝 뜬 그녀.

"그래도 창조주가 몰인정하지는 않수."

"왜 그러하십니까?"

배시시 웃었다.

"아프지는 않거든. 생명을 포기하는데 아프기까지 했

으면 엄청 억울할 거 아니우."

"하하, 그렇지요."

"호호, 귀한 손도 소망을 이루길 바라우."

손을 흔들던 그녀가 맑은 호수 수면이 바람에 흔들리듯 작게 일렁였다. 숨을 폭 마시고 내뱉은 위시 여인의 몸에서 칠채색의 빛이 나타났다.

그녀 안에서 빛난 것이 아니라, 투명해진 그녀의 몸을 하늘빛이 지나며 아름답게 반사한 것이었다.

"안녕히."

그렇게 하나의 이별을 마음에 깊이 새겼다.

나는 위시 여인을 떠나보낸 자리에서 잠시 여운을 음미했다. 사람과 만나고 헤어지는 것은 일상에서 반복되기 마련이다. 다만, 좋은 사람과의 이별은 가슴을 두드리는 무언가가 있었다.

'내게도 첫 경험이니까.'

부모님을 떠나보낸 것은 사고였다. 한때 친구라고 오해했던 태진이의 죽음을 접한 것도 전혀 의식하지 못한, 사고처럼 마주하였었다.

반면, 먼 길 떠나보내는 나그네처럼 이렇게 인사하고 작별한 것은 내게도 처음 있는 일이었다.

—뭐해? 기분 좋은데 심심해 보여.

　—놀래? 먹을래? 아님 잘래?

　—이거! 이거! 맛있어. 먹으면 기분 좋아.

　연못의 작은 요정이 다가와 말했다. 내 마음을 비추는 거울과도 같은 그들의 모습에 나는 달콤한 물을 술처럼 마셨다.

　헛헛한데 슬프지는 않았다. 이런 걸 호상(好喪)이라고 하나 보다. 죽는 이는 고통이 없고 바라는 순간에 맞이하며, 남은 이는 추억에 잠기며 담담하게 웃을 수 있는 이별이니까.

　그때 나비 날개의 요정이 살포시 날아서 내 어깨에 앉았다. 정령계를 이해하며 나타났다가 사르르 사라졌던 그녀는 자기들끼리 재잘재잘 웃고 퀴즈를 맞히기 여념 없는 이들과는 달리 빤히 내 눈을 보았다.

　보라색의 눈동자와 머리칼이 날카롭다가 아이처럼 순해졌다. 시선이 굉장히 낯익었다.

　'강유나?'

　빤히 보자 더듬이가 말리고 날개로 작은 몸을 감싸며 검지를 빙글빙글 돌렸다. 부끄러워하는 기색인데 힐끔힐끔 볼 때마다 피부가 빨갛게 달아오르고 있었다.

　처음 볼 때의 황금색 몸이 내가 아는 그녀. Z&F에서 ·

처음 보았던 그녀의 외모와 매우 닮아 있었다. 행동은 현재의 강유나와 똑같았다.

"어떻게 된 겁니까?"

『기억 읽었어. 이 모습이 제일 예뻐.』

"당신은 누구지요?"

『나? 루타타야.』

키워드로 의식을 집중해 정보를 검색했다. 그 결과는 '묻는 것에서 의미를 찾는 존재 : 호기심의 요정 : 분열의 마귀.' 라는 것이었다.

"호기심?"

『응!』

고개를 위아래로 끄덕인 나비 날개의 요정이 배시시 웃었다.

곤바로스가 정의하기를 요정은 세상의 근간이 되며 봉사하는 존재였다. 마치 아이를 위해 봉사하고 헌신하는 어머니처럼 희생의 낱말이 삶으로 각인된 종족이다.

종류와 분과별로 오만 가지 요정이 다 있었다. 어느 정도냐면 감정의 요정도 있을 정도. 루타타는 이 중에서도 호기심을 사명으로 빚어진 요정이었다.

'그 루타타가 유나의 기억을 담았다면, 이건 강유나 그 자체라는 건데?'

하얀 종이가 보라색이 되었다. 그러면 이건 보라색 종이다.

강유나는 같이 여행하고 함께하고 싶다는 작은 바람을 말하는 중이었다. 나는 나비 날개의 요정을 두 손으로 감싸들었다.

"나와 계약을 맺지 않겠습니까?"

『나 저기 무서워. 싸울 줄도 몰라.』

천공수를 가리킨 그녀가 파르르 날개를 떨었다. 하여간, 연기의 대가다웠다. 강유나로 대하지 말고 루타타로 대해 달라는 거겠지. 나와의 관계를 처음부터 다시 시작해 보자는 의도였다.

그간 보였던 무시무시한 모습 때문에 아직 두려움이 남은 이유일 것이다.

"경계 너머엔 많은 호기심이 있을 겁니다. 보고 싶지요?"

『응...... 근데 나랑 있으면 오래 못 살아.』

"나는 다릅니다. 그리고 그 모든 대답은 이곳에 있지요."

『진짜? 다 구경해도 돼?』

"기억을 다 본 것이 아니었습니까?"

『응응! 이 언니가 안 된대. 허락받으면 된대.』

껄껄 웃었다.

"허락합니다. 함께하겠어요?"

『응! 약속!』

새끼손가락을 내미는 그녀에게 나 역시 같이 행동했다.
어렸을 때 엄마와 해 본 것 이후로는 거진 처음인지라 괜
히 멋쩍었다.

크기의 차이 탓에 손가락을 걸지는 못했다. 하지만 앞
에서 방긋방긋 웃고 있는 그녀를 보니 쑥스러움은 흐뭇한
미소로 바뀌었다.

『나, 보고 올게!』

맞대고 흔들며 날개를 퍼득퍼득 거린 나비 날개의 소녀
는 처음처럼 스며들 듯이 사라졌다. 이윽고 나의 머릿속
이 고요의 정신 스킬을 쓸 때처럼 착착 일목요연하게 정
리되었다.

산더미처럼 쌓인 서재의 책들이 목차별로, 분류별로 싹
나뉘어 책장에 착착 꽂힌 것 같았다. 넓지만 두서없어서
좁게 쓰고 있던 집이 넓은 거실을 훤하게 드러낸 기분은
상쾌하기까지 했다.

콧노래를 흥얼거리며 단번에 이미지를 구축. 수백의 지
식 꾸러미들을 연주하듯 순식간에 다루는 루타타는 강유
나가 되었다.

날개옷을 벗은 보라색 머리칼의 그녀가 새초롬하게 웃었다.

"뭐, 알면서 속는 거지."

나는 그녀의 일탈에 맞춰 기쁘게 함께 하기로 했다.

하나를 보내고 하나의 파트너가 생기는 순간이었다. 이윽고 방대한 지식 정리를 마친 소녀 강유나. 루타타가 만세를 불렀다.

『끝났어!』

"고생했습니다. 그럼 나가 볼까요?"

『응! 잘 부탁해.』

손가락을 만지작만지작 그녀가 힐끔 나를 보았다.

『여기서 지내도 돼?』

머리칼 몇 가닥을 살짝씩 당기는 모습에 고개를 끄덕였다. 이에, 유나는 어깨 옷을 쥐고 폴짝폴짝 뛰었고 치렁치렁한 머리칼 속에 몸을 감췄다. 길게 자란 덕분에 이불처럼 덮고 몸을 단단히 고정하니 안전띠를 맨 듯 보였다.

"루타타?"

『응?』

"진심으로 환영합니다."

『나두!』

마음의 빈자리를 채워 주어서 고맙습니다.

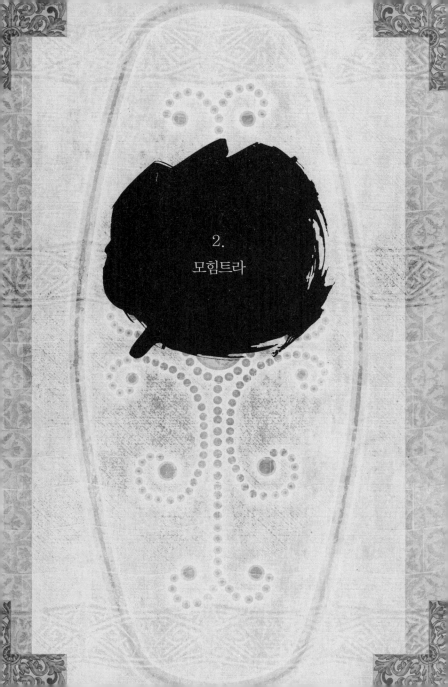

2.
모험트라

달은 스스로 빛을 내지 않는 천체다. 그렇기에 태양에 비치는 곳은 밝고 남은 절반은 어둡게 된다. 방향에 따라 만월(滿月)이 되고 신월(新月)로 보이는 이유가 여기에 있다.

비밀의 시선 역시 이와 마찬가지였다. 같은 위상에서 다른 면모를 보이는 달처럼 심연을 접하면 나의 위치는 똑같지만 다른 곳에 있게 된다.

'new century로.'

수위를 조절하자 풍경과 세계가 이지러졌다.

반죽하듯 버무려진 세계는 유색 투명해지더니 물결치며 아래로 깊이, 깊이 가라앉았다. 그리고 선명한 선이 도드라지며 지평선이 되었고 선비의 붓이 호쾌한 필치를 그리듯 산맥을 그렸다.

하얀 여백에 검은 선이 그어지니 땅과 하늘이 구분되었다. 정지해 있던 하늘에 바람이 노를 저어 구름이라는 나룻배를 나아가게 했다.

느껴졌다.

땅으로부터 작게 고동치는 맥박이 들렸다. 단색의 세상에 물결치는 생명의 파동이 더해져 비로소 세계라는 드넓은 공간은 숲과 대지, 바다라는 생명의 요람이 되었다.

나는 두 팔 벌려 세상을 몸에 받아들였다.

삶의 향기에 취하여 눈을 뜨노라니 어느덧 처음의 new century가 내 앞에 펼쳐져 있었다.

『우와아…… 상현은 이런 걸 본 거구나.』

빼꼼히 머리를 든 강유나가 입을 동그랗게 벌렸다.

"춥지는 않지요?"

『조금? 괜찮아.』

그녀는 내 머리칼을 두꺼운 이불 덮듯 더 가져와 꼭꼭 몸을 감쌌다. 피식 웃어넘긴 나는 저편의 천공수를 보았다.

'접속 위치는 예상했던 대로고.'

산의 정상에서 호숫물을 술처럼 마시고 차처럼 즐겼는

데 어느덧 내가 있는 곳은 녹은 빙하가 바다처럼 넘실거리는 북해의 언저리였다. 힘주어 밟으면 얼음이 와작 깨져서 나 역시 가라앉을 것 같은 눈밭이었다.

『상현! 뒤!』

강유나는 내 머리칼을 살짝 당겼다. 감각으로 무언가가 다가옴을 일찍이 느꼈던 나는 왼발을 축으로 몸을 돌렸다. 거대 원숭이, 메킨의 습격이다.

살의가 피부에 닿았다. 선택지가 좌르르 펼쳐지며 수십 개의 투로가 습격자를 관통했다. 이 중 어떤 대응법을 선택할까?

'간결하게 가자.'

상대의 턱을 부수는 투로.

어퍼컷을 하듯 아래에서 위로 올려치는 움직임이다. 주먹이 아닌 손바닥으로 치는 것만이 달랐다. 찰나의 고민을 끝으로 내 몸이 물 흐르듯 투로를 밟았다. 한 끗 차이로 피한 뒤 상대의 속력과 내 운동에너지를 고스란히 담아 충격량을 전달했다.

캥—!

정확한 타격. 비명에 나가떨어지는 원숭이가 가장자리쪽 빙하를 부수고 가라앉았다. 출렁이는 얼어붙은 수면에서 나는 돌고래와도 같은 해양 생명체를 보았다.

물살을 가르며 나타난 그것이 허우적거리는 원숭이를 씹었다.

붉은 핏물이 확 번지고 먹힌 상체, 뜯긴 하체가 떠올랐다. 그리고 다시금 먹혔다. 크기는 돌고래였는데 달려드는 모습은 작은 시체에 몰린 피라니아를 연상케 했다.

몸을 돌려 천공수를 향해 힘차게 발을 내디뎠다.

차가운 바람. 싸라기눈 날리는 북극에서 우뚝 섰다. 나는 북극 먹이사슬의 최강자이자 하얀 체모와 강인한 육체를 자랑하는 호캄이다.

이제 천공수에 오를 것이다.

『저기 갈 거야?』

그런 내게 강유나가 속삭였다.

"왜 그러시지요?"

내 목적이 천공수라는 걸 그녀가 모를 리 없는바. 이렇게 물었다는 건 무언가 해 줄 이야기가 있다는 뜻이다.

『천공수는 왜 가려는 건데?』

천공수에 오르는 목적은 다른 이들과 달랐다. 나는 초월을 위함도 아니고 드높은 격을 성취하여 신이 되려는 것도 아니었다.

"책임감 때문이지요."

회귀를 가능케 한 융켈과 곤바로스의 흔적이 저곳에 있

고 new century에 흩어진 수많은 신진권들을 해결할 해답 역시 저곳에서 얻을 수 있는 까닭이었다.

덤으로 현실에서 평범한 일상을 향유할 수 없게 된 한 나와 이웃들에게 평안한 삶을 돌려주려는 작은 욕심도 있다고 하겠다.

『되게 위험한데도?』

"힘들다고 피할 수는 없어요. 제가 저지른 일이니만큼 직접 해결함이 옳습니다."

『그럼, 그거 가져가면 안 돼? 불멸.』

유나가 그제야 본론을 꺼냈다. 보험이자 안심대비를 하자는 것.

"종의 기원을 해결하는 일은 생각보다 많은 시간이 걸립니다. 당장의 일이 있으니 나중을 기약하는 거지요."

그녀는 도리도리 고개를 흔들었다.

『금방도 돼. 그게 있으면 덜 위험할 거고…… 아참. 이거 상현도 다 아는 거야! 내가 아는 거 아니고!』

물론입죠.

"알고 있습니다."

그녀가 내게 해를 끼칠 리 없었다. 전폭적으로 신뢰한 나는 강유나의 말에 따라 북해의 해안가에서 방향을 바꿔 걸었다.

몬스터를 지성체로 만들어 문명을 이루게 하는 것이 퀘스트의 주안점이다. 이를 어떻게 해결한다는 걸까?

『키우면 돼.』

그녀의 방법은 단순 명쾌했다. 관리하자는 것이다.

일찍이 내가 씨를 뿌려 두고 알아서 비가 내리고 씨앗이 발아해서 나무로 무럭무럭 자랄 때까지 기다리는 거였다면, 강유나는 거름과 물을 주고 가지치기도 하면서 농사를 하자는 이야기였다.

『이렇게 하면 빨라.』

나도 안다. 하지만 그것도 대화할 수 있어야지 않겠는가. 이는 육식동물에게 초식동물을 잡아먹지 말라고 교화하는 것과 마찬가지의 일이다.

문명화는 쉬이 이루어지지 않는 게 진리. 그런데 그녀는 가능했다.

『나만 믿어. 나 많이 똑똑해.』

아무렴.

'어련할까요.'

이미지 전송, 소위 텔레파시라고 하는 정신공유를 통해

간단히 끝냈다. 거진 지식을 복사하고 붙여 주는 수준이라 새삼 그녀가 곤바로스의 진정한 후계임을 떠올리게 했다.

덕분에 내가 하는 일은 서포트였다.

몬스터들을 사냥하고 태초의 씨앗을 심은 뒤 골고루 퍼뜨려 되살리는 것에 주력했다. 그러면 교육은 그녀가 맡아서 도와주었다. 각 몬스터의 습성과 성향에 따라 맞춤 교육을 했고 언어를 가르쳤으며 저들에게 맞는 기술과 종족 체계를 구성해 주었다.

당근은 그녀였고 채찍은 나인 셈. 강유나가 '혼내 줘!' 하면 말 안 듣고 잘못한 몬스터는 사랑 없는 매로 호되게 때렸다. 다음에 강유나가 다가가면 그렇게 말을 잘 들을 수가 없을 정도다.

'역시 천재.'

그녀가 계획한 일에 변수란 없었다. 그 결과 착실하게 시간이 흘렀고 나는 즈운에서 새로운 펠마돈인 [불멸]을 얻을 수 있었다.

서광이 비치는 즈운.

중심의 피라미드에서 발견한 라탄트라의 육신은 영롱한 오색광채가 되어 있었다. 영혼 잃은 텅 빈 눈. 머나먼 다른 세계를 보고 그곳에 이미 도달해 있는지 황홀할 만

큰 찬란한 그이지만 깃털보다도 가벼워서 훌훌 날아갈 듯 존재감이 부족했다.

순수하고 맑은 몸이었다. 그는 그런 상태로 나를 보았다.

계약한 존재를 의식이 사라진 상태에도 알고 있는 걸까. 성스럽기까지 한 그의 몸은 천천히 다가오더니 점차 빨라져 한 줄기 연기가 되었다. 이윽고 빨려 들어가 듯이 내 미간을 통해 쑥 들어왔다.

혈관을 타고 피부로 쏴악 내려가는 라탄트라. 전신을 누비며 내 몸에 상쾌함과 정령력의 순정한 힘을 켜켜이 쌓더니 내 혈력, 기력, 마력과 어우러지기 시작했다.

그러나 완전히 내게 녹아들지는 못했다. 두 번 튕겨 내 혈관을 누비던 그의 빛나는 형체가 무너진 것이다. 왼쪽 다리가 후끈하더니 뭉텅! 잘렸다.

오른쪽 손의 문신이 회전하더니 팡! 튕겨 냈다.

―으으!

광휘의 육체가 신음했다. 재차 시도하려 했으나 활성화한 내 문신 탓에 그는 엄두도 내지 못했다. 갓 초월한 라탄트라가 어찌하기에는 내 륜과 펠마돈의 괴수가 너무도 강력했다.

결국, 손과 다리를 잃은 광휘의 라탄트라는 모든 것을

전하지 못한 채 빠져나왔다.

가만두었다간 공기 중에 흩어질 판.

"취하세요."

두 주먹 불끈 쥐고 응원하던 강유나가 화들짝 놀랐다.

『난 가져 봐야 싸움 못하는데?』

루타타로서 나와 계약한 그녀이기에 한계는 명백했다. 이를 부정하면 괜찮지만, 이는 은근히 내 곁에 있고자 하는 그녀의 마음과는 맞지 않았다. 이 판국에도 그걸 걱정하는 모습이 고마웠다.

"혼자 얻은 것이 아닙니다. 우리가 얻은 거죠."

『하, 하지만.』

"선물을 거절하는 건가요?"

막 피하던 강유나가 고개를 저었다. 그리곤 바짝 마른 듯 입술을 혀로 핥더니만 라탄트라의 광휘에 몸을 던졌다. 그가 남긴 불과 물, 바람과 땅의 힘은 강유나에게 수월하게 스며들며 라탄트라가 오랜 세월 쌓아온 힘은 우리 둘이 나눠 갖게 되었다.

포션으로 초월한 그의 힘답게 불멸은 그 어떤 중상도 회복하고 육체의 태반이 소실돼도 완전 복구시키는 능력이 있었다.

완전 복구는 한 번 사용하면 족히 열흘은 다시 잠드는

힘이지만 여벌의 생명을 가졌다는 것은 대단한 장점이다. 사대정령의 힘은 일찍이 얻어서 쓴 적이 있는 만큼 다양하게 활용할 수도 있고 말이다.

"지금 내 모습이 어떻습니까?"

능력을 얻을 때마다 내 몸이 어떤 변천사를 겪었던가. 커지고 하얘지고 털도 쑥쑥 자라고, 실로 변신 생명체가 저리 가라 할 만큼 확확 변화했었다. 나눠 갖기는 했으나 라탄트라의 힘이 오갔으니 뭔가 변화가 있을 것 같다.

『어떤 거?』

"혹시 얼굴에 문신이 생기거나 하지는 않았는지요?"

『미간에 뭔가 보여. 얼굴엔 아니고 딱 거기에만 있는 정도?』

그 정도라면 다행이다.

"무난하군요."

『난 어때?』

피부 바깥으로 사색(四色)의 빛을 두른 그녀가 빙글 몸을 돌렸다. 런웨이의 모델이 고혹적인 자태를 뽐내듯 했지만, 꼬꼬마 여동생이 귀염을 뽐내는 모습일 따름.

흐뭇한 아빠 미소가 절로 그려질 정도로 귀엽고 깜찍했다.

"더욱 예뻐졌습니다."

『헤헷. 고마워!』

확 날아온 그녀는 뺨을 긁더니만 냉큼 다시 머리칼에 숨었다. 그러곤 침을 꼴깍 삼키더니 이불을 발로 차듯 막 다리를 움직였다.

나는 걷다가 바닥의 눈을 손으로 닦아 내고 얼음을 가만히 보았다. 깨끗한 표면에 음영 지어 보이는 나의 모습은 썩 나쁘지 않았다.

라탄트라의 펠마돈은 불꽃이 타오르는 형태로 새겨진 다섯의 글자였다. 얼굴 전체가 문신으로 뒤덮이지 않았으니 양호한 수준이라 하겠다.

"이제 정비가 끝났군요."

뒤돌아보지 않을 걸음을 옮겼다.

⊠　　　　⊠　　　　⊠

루두무라스.

육안으로 보면 거대한 나무이나 비밀의 시선으로는 수백 층의 탑처럼, 하늘을 떠받치는 기둥과 같이 우뚝 솟은 위용을 자랑하는 곳.

시험의 탑, 초월의 제단 등 다양한 이름을 가진 천공수다.

위령제를 올려야 할 만큼 지독한 무덤이자 수많은 이들의 업적이 켜켜이 쌓인 유골의 산에는 망령이 떠돌고 승격과 초월이라는 매혹적이며 찬연한 빛이 공존하고 있었다.

인고의 세월을 수련하는 수행자들에게 이보다 달콤한 독약은 없다. 그곳에 나 역시 입관했다.

『조심. 조심!』

최소 자격 요건은 위상변화가 가능하냐는 것. 나는 비밀의 시선을 사용하여 이를 증명했다.

풍경이 급격하게 변화하였다.

끼긱!

까악! 까아악!

짙게 낀 노이즈가 브라운관을 스치며 로맨스 영화가 호러 영화로 바뀌었다. 화기애애하게 손잡고 뛰어놀던 아이들이 시체와 해골이 되며 망령을 입으로 뱉었다.

세계가 다른 세계에 덧씌워졌다.

나무의 윤곽은 칙칙한 회색이 되었다. 가지에서 열매를 따던 거대 원숭이들의 털과 피부가 벗겨졌다. 뼈만 남더니 희끄무레한 것으로 변해서 스멀스멀 돌아다녔다.

'이곳이 심연의 천공수.'

두 발이 무른 땅을 디뎠다. 어느덧 내가 있는 곳은 죽음 이후 볼 수 있다는 레테의 강처럼 을씨년스러운 물가였다.

악취 나는 검은 물이 하얀 눈 대신 철썩이며 물결쳤다. 무릎까지 늪처럼 잠긴 그곳에 삐걱 삐걱대는 언데드가 수초처럼 서 있었다. 저 물을 건너서 탑에 가는 것부터가 관문인 걸까.

거리를 가늠하며 보법을 막 밟으려 할 때였다.

—필멸자여.

밤하늘이 내려앉은 양 흑암이 공간의 문을 열고 내 앞에 도래했다. 쭉 가른 핏빛의 선이 좌우로 쩍 벌어지며 잿빛 후드 망토에 피처럼 붉은 대형 낫을 사신처럼 든 검은 존재.

망령을 휘장처럼 두른 이가 그 모습을 드러냈다. 환혼력을 웃도는 짙푸른 한기로 넘실거렸는데 드러난 부위에는 오직 청광을 내뿜는 새카만 뼈만 있었다.

괴물을 자처하는 나보다도 3배는 더 큰 그가 말했다.

—열망의 탑에 온 것을 환영한다.

주위의 공기가 매질하며 사방에서 그의 말이 고막을 거세게 때렸다. 그 타격만으로 루타타로 현현하고 있던 강유나가 사막의 신기루처럼 사라졌다.

위상변화가 일어나 접속이 강제로 끊어진 것.

"당신은 누굽니까?"

무형의 충격파에 뇌리가 쩡쩡 울렸다.

―나는 전능자의 의지로 진홍색 갈망을 관리하는 자, 모힘트라.

그 존재는 자세를 잡는 내게 무심히 메시지를 전달했다.

"전능자?"

―심판과 시험의 대지에서 거짓은 곧 사망에 이르노니, 필멸자여. 신중히 고하라.

모힘트라는 나의 반문에 답하지 않았다. 자신의 할 말을 하고 얼굴로 짐작되는 장막을 내게 드리울 따름.

'음……!'

육식동물을 마주한 초식동물의 심정이 이럴 것이다. 한낱 토끼가 호랑이와 대치한 양 호캄이라는 야수의 몸이 사정없이 떨렸다.

상위 차원의 존재! 진짜 신급의 위엄이다.

그는 보고 경험한 중 펠마돈의 괴수 이후로 가장 이질적이고 기괴한 존재였다. 본능이 전하는 오싹함은 괴수와 비슷하며 후드 망토 너머의 어둠은 감히 내 눈으로 깊이를 헤아릴 수 없을 만치 깊었다.

형언할 수 없는 무게에 절로 내 몸가짐이 엄숙해졌다.

─그대의 진명(陳名)은 무엇인가.

"나는⋯⋯!"

물음에 숙이던 고개를 곧추세웠다. 내가 누구더냐, 파멸의 펠마돈을 품었다. 회귀를 통해 신의 유해를 수습한 이가 바로 나다.

존중이 아닌 굴종은 곤란했다. 이는 내게 속하고 나를 믿는 모두에 관한 책임이니 내가 굳건하지 못한다면 내게 패한 이들과 나에게 기대는 이들의 격도 낮아질 터.

필사즉생의 각오로 그를 마주했다.

"이상현이라 한다."

전투를 불사하고 말하였다.

하나, 모힘트라는 개의치 않았다. 자기 일을 그대로 진행할 뿐.

─그대의 진명(眞名)은 무엇인가.

"신뢰."

─그대의 진명(盡命)은 무엇인가.

"행복."

품에서 희뿌연 책자를 꺼낸 모힘트라는 내 말에 따라 펼쳐진 한 페이지를 낫으로 잘랐다. 그 순간, 나와 세계를 연결한 무언가가 망실됐다. 천지가 개벽하는 듯한 강렬함이었다.

―받으라.

모힘트라는 거대하고 투명한 수정 해골 하나를 꺼내더니 두개골을 수평으로 잘라서 내게 건넸다. 마치 사발과도 같은 그것에는 옥색의 물이 찰랑거렸다.

―갈망의 무게만큼 탑이 그대를 시험할진저, 불멸자여. 그대가 염원하는 바를 고하라.

계약의 룬이 발동하기라도 한 양 천지에 오직 어둠만 가득하고 형형한 빛을 내는 모힘트라와 나만 자리했다.

'탑을 오르며 단서를 찾으려 했었는데, 전혀 다른 곳이었군.'

어려운 던전에 들어서는 줄 알았는데 내 예상이 완전히 어긋났다. 바라는 것에 합당한 시험을 치르면 얻을 수 있다고 하니.

수정 해골은 내 손에서 진득한 옥색 뇌수를 줄줄 흘렸다. 절로 오금이 저린 그 상황에서 한줄기 이성을 유지할 수 있는 것은 마력 응집 현실의 무공 덕분이리라.

'나의 염원.'

강유나에게 말했던 대로 탑의 온 목적을 모힘트라에게 말하였다.

"세 가지를 얻고자 왔다. 하나는 나로 말미암아 이세계에 온 신진권의 분신들을 모조리 멸하는 방법."

모힘트라가 즉문에 즉답했다.

—그대의 격이 감당할 수 없다.

그렇다면.

"모든 분신이 아닌, 세계에 융화되지 못한 분체들의 소멸!"

new century가 배척하는 것들. 빙의에 성공하지 못하고 기생하거나 본래 있지 말아야 할 지식을 함부로 전하는 것들에 국한했다. 그들만 제거해도 소기의 성과는 충분히 이룬 것.

—자격을 허(許)하노니 그 열망은 탑의 2층에서 해갈되리라.

탕! 탕! 탕!

판결을 내리듯 모힘트라가 말했다.

두개골의 옥색 뇌수가 뱀처럼 흘러내렸다. 나의 손등을 타고 손목을 한 바퀴 두르는가 싶더니 반대쪽 손으로 가서는 역시 둥글게 감았다. 그것은 두 개의 사슬로 이루어진 수갑이었다.

하나는 포효하는 용의 사슬이고 다른 하나는 웃고 있는 피에로가 새겨진 사슬이었다. 수갑 탓에 팔꿈치 간격까지만 벌릴 수 있을 뿐, 그 이상은 벌릴 수가 없었다.

그뿐이 아니었다. 쇠사슬 하나의 무게가 1톤을 넘는

양, 손목에 힘을 빼면 아래로 쳐질 정도였다.

'보통 금속이 아니군.'

마력은 물론, 혈력, 기력, 환혼력까지 아무리 흘려 넣어도 밑 빠진 독에 붓는 것처럼 사라졌다. 완력으로도 끊을 수 없고 모든 힘에 완벽한 저항력을 가진 수갑이다.

그때, 용이 아가리를 벌렸고 피에로가 입이 귀에 걸리도록 씨익 웃었다. 그리고 두 개의 빛나는 열쇠가 떠올라 모힘트라 뒤편으로 쏜살같이 날아갔다.

거대한 나룻배와 모힘트라만 가득하던 저편에서 등대처럼 불빛이 들어왔다. 대서양 너머에서 발견한 신대륙처럼 검은 강물의 끝에 사라졌던 천공수가 그 모습을 보인 것.

'층을 오르고 열쇠를 정복하라.'

어떤 메커니즘인지 이해한 나는 모힘트라에게 다음을 말했다.

"곤바로스와 대적한 초월자의 정체를 알고 싶다."

―그대의 격이 감당할 수 없다.

하면, 역시 차선책이다.

"곤바로스와 융켈의 생사, 그리고 그들의 흔적을 원한다."

사신과도 같은 저 존재는 일체의 감정이 없었다. 마치 시스템처럼 자신의 소명을 다할 따름이었다. 나로 하여금 전율케 했을 만큼 무지막지하게 강했으나, 위험하지 않은 존재이기도 했다.

—그 열망은 탑의 5층에서 모두 해갈되리라.

두개골의 옥색 뇌수가 이번에는 손목에 이어 땅으로도 흘렀다. 방패 문양의 수갑을 하나 더 채운 뒤 뱀처럼 스멀스멀 움직인 그것은 내 왼쪽 발목에 큼직한 쇳덩이가 되었다.

마찬가지로 자물쇠는 빛나는 방패를 쏘아 천공수로 전송했다. 연이어 흐르는 바람과 견고한 건물 도형을 보냈고 칙칙한 탑의 3층, 4층, 5층이 빛을 되찾았다.

오른쪽 발에 쇳덩이가 채워지며 나의 사지(四肢)를 구속한 사슬의 무게가 모두 배는 무거워지는 것은 덤이었다.

'페널티가 만만치 않군.'

불끈 힘을 주고 발을 들었다가 내려놓았다. 최대한 조심해 디뎌도 쿵! 쿵! 소리가 나고 발자국 모양으로 땅에 도장이 새겨졌다. 이 상태로는 자유로이 보법을 밟는 일은 실로 녹록하지 않았다.

그래도 단박에 바라는 바를 이룰 수 있다는 매력을 생

각하면 감수할 고초였다.

　이제 내 염원은 딱 하나 남았다. 사실 이전의 것이 마땅히 해야 할 책임이었다면, 이번 것이 내가 부리는 진짜 욕심이었다. 가족의 평안과 평화, 그리고 행복이다.

　하지만 그것이 욕심임을 알기에 나는 모힘트라에게 고하지 않았다. 내가 바라는 평화가 강요되는 순간, 이블린을 비롯한 가족에게 폭력이 되는 것과 마찬가지니까.

　자신의 삶은 스스로 선택할 수 있을 때 가장 아름답다. 이는 필수 조건이다.

　"두 개로 만족한다."

　잠시간 모힘트라가 침묵했다. 어찌할 바를 모른다기보다는 나로 하여금 후회가 없도록 생각을 정리할 수 있는 여분의 시간을 주는 듯했다.

　'생각보다 자상한 존재구나.'

　일을 마쳐서일까. 한 가닥 미련을 훌훌 벗어던져서려나. 모힘트라가 다르게 보였다. 묵묵하게 말이 아닌 행동으로 보여 주는 존재.

　나는 무시무시한 위엄을 일신에 두른 그를 아버지 대하듯 올려다보았다. 새삼 기죽지 않으려고 눈 치켜뜨고 애를 쓴 내 꼴이 그저 우스워졌다. 사춘기 청소년의 반항과 같은 까닭이다.

"이상의 염원은 없습니다."

모힘트라는 수정 해골의 두개골을 회수하고는 거대한 몸을 돌렸다.

—시련으로 그대의 혼이 연단되리라.

이윽고 나타날 때처럼 짙은 어둠과 함께 저편으로 떠났다.

밤은 새벽이 되었다.

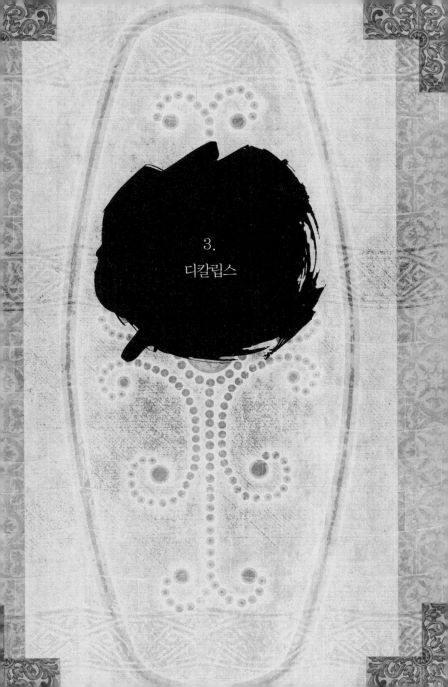

3.
디칼립스

쏴아아—

물결이 밀렸다가 파도치며 돌아왔다. 듣기만 해도 가슴까지 시원해졌다.

철썩—!

소리만으로는 더없이 상쾌한 여름의 해안가였다. 백사장의 바다가 흰 거품을 만들었고 발목에 부딪치는 촉감이 절로 연상됐다. 그렇게 여가에 흠뻑 취해 있는데 귓전에서 뾰족한 소리가 자명종처럼 울렸다.

『상현? 상현!』

다급한 강유나의 목소리. 불현듯 정신을 차렸다.

눈을 뜨니 조금 전까지 상상했던 백사장은 온데간데없

었다. 시체와 언데드가 수초처럼 자라는 검은 물. 썩은 물이 내 발목에 끈적하게 와 닿은 채였다.

'뭐지? 분명히 보법으로 강을 건너려다가 모힘트라를 만났었는데.'

강유나의 목소리에 눈을 뜨자 처음 그 자리였다. 생각을 갈무리하고 그녀에게 물어보았다.

"혹시, 조금 전에 무슨 일이 있었습니까?"

『응! 투명해졌었어.』

"얼마 동안이었나요?"

『2초.』

그사이에 모힘트라와 이야기를 주고받는 것은 불가능했다. 필시 천공수의 조화일 터. 진실 여부를 알기 위해 나는 손목과 발목을 우선 살폈다.

아무렇지도 않았다. 분명히 용과 피에로 문양이 새겨진 수갑이 여기에 있었는데……?

『어? 어어?』

내가 인지하는 순간, 지금까지 아무것도 없었던 손목에 수갑이 채워졌다. 그뿐만 아니라 발목을 인식하자 즉시 묵직한 쇳덩이가 생겼다.

'역시 헛걸 본 게 아니었군.'

『이거 뭐야?』

"이건······."

나는 의아해하는 강유나에게 설명해 주려고 했다. 하지만 의중에 있고 또렷하게 기억나는 '모힘트라'라는 말을 그녀에게 할 수가 없었다.

『이건?』

"······혹시 기억을 직접 볼 수는 없습니까?"

『상현이 허락하면 돼.』

수긍하고 모힘트라의 이미지와 그와 나눈 대화를 강하게 연상했다. 바로 조금 전에 있었던 일인지라 생생하게 기억할 수 있었다. 하지만 강유나는 도리도리 고개를 흔들었다.

『안 허락해 줬어.』

"그게 아닙니다."

뭐라 표현 못 하는 나를 보고 그녀가 손가락을 딱! 튕겼다.

『보여 줘도 내가 모르는 거?』

비슷했다. 내가 말을 잇지 못하니 강유나는 픽 고개를 돌렸다.

『자존심 상해. 흥!』

"하하. 별일 아닙니다. 그저 천공수에 오르기 위한 자격심사 같은 거였거든요."

『그거 나쁜 거야? 아님 좋은 거?』

시험을 치르는 데 방해가 되는 제약이니까 나쁜 거긴 하다. 하지만 저것이 있음으로써 제대로 된 보상을 받을 수 있으니 긴 안목에선 좋다고 할 수 있다.

"원해서 선택한 거지요."

『제약만큼 보상도 큰 거구나?』

"정확합니다. 그리고 루타타의 도움이 이제 절실하기도 해요."

『뭔데? 응? 어떤 거?』

반색한 강유나는 날개로 반짝이는 가루를 흩날리며 내 주변을 빙글빙글 돌았다. 잔뜩 기대하고 있었다.

"천공수에서 시험하는 존재는 각자가 new century에서 초월을 넘본 이들이라 합니다. 아마, 역사 속의 누군가가 저곳에 있을 테지요. 제가 활용하지 못하는 정보를 잘 알려 주세요. 큰 도움이 될 겁니다."

『헤헷. 나 그거 진짜 잘해!』

"암. 그렇고말고요."

강유나가 작은 주먹을 쥐며 힘차게 파이팅! 했다. 나는 마주 웃어 준 뒤 차근차근 몸의 감각을 새겼다.

무거운 쇳덩이와 수갑. 쇠사슬로 행동반경이 좁아진 만큼 무공과 스킬을 바로잡을 필요가 있었다.

'수갑의 무게는 족히 10톤을 넘으니.'

정교한 수정을 사용하고 힘의 흐름을 관조하며 지금에 가장 걸맞는 투로를 정립했다. 중간에 혹시나 하는 마음으로 광검을 만들어 쇠사슬을 끊으려고도 했지만, 역시나 어림도 없었다.

중량 탓에 파괴력은 늘었지만, 속도가 현저한 수준으로 떨어졌다. 보법도 자유롭지 못하여 질풍과 질충의 직선보법은 더해졌으나 방향전환을 스스로 하지 못할 정도가 되었다.

나는 장단점을 바로 알고 비로소 검은 강물에 뛰어들었다.

첨벙!

수면을 사뿐히 밟아야 했건만 허벅지까지 잠겼다. 쇳덩이가 바닥을 훑어 꿈틀거리는 망령이 미꾸라지처럼 피어올랐다. 조금 불쾌하긴 했지만, 내 피부를 깨물기만 할 따름.

크게 신경 쓸 필요는 없었다. 개의치 않고 천공수로 향했다.

콜로세움처럼 입구가 여럿이며 바벨탑처럼 우뚝 솟은 건축물. 위상변화를 통해 무지막지하게 큰 나무로 언제고 변하는 다차원의 축조물에 들어섰다.

new century에 접속할 때처럼 차원의 벽을 통과함과 동시. 내 눈앞으로 다른 풍경이 펼쳐졌다.

'검투사의 경기장 같은데.'

1층은 넓은 원형 경기장이었다.

처음이라 그런지 단순하고 참으로 담백한 형태였다. 내가 들어선 곳과 정반대 방향의 맞은편에서 나를 마주 보는 존재가 있었다.

녹색 코트 차림에 큼직한 에메랄드가 주렁주렁 장식된 목걸이를 건 사내. 피부엔 비늘이 있고, 혀는 길었으며 머리에는 뿔이 났다. 3미터에 육박하는 그는 철근 같은 꼬리로 바닥을 쿵쿵 찍었다.

"이번에는 호캄이 상대인가? 볼썽사납게도 잔뜩 수갑을 찼군그래."

악어가죽처럼 요철 모양을 한 비늘, 염소의 것처럼 뒤로 삐쭉 뻗은 뿔의 그는 나를 보며 날카로운 치아를 보이며 웃었다.

"옛날 생각나는군. 나도 딱 저랬었지."

처르르륵—! 철컥!

거대한 철창이 기관장치가 작동하자 위로 올라갔다. 강유나는 슬쩍 내 머리칼 속에 숨어서 파충류 사내의 정체를 파악하고자 정보를 뒤졌다.

나는 언제고 공방을 주고받을 투로를 뻗으며 그와의 거리를 냉정하게 조절했다. 보폭 하나하나에 신중을 기했다.

반면.

"스읍─! 하아!"

오랜 기간 독방에서 갓 나온 죄수처럼, 그는 두 팔을 벌려 빛과 공기를 만끽했다. 나는 아랑곳하지 않은 채 흐뭇하게 눈을 감기까지 했다. 나른한 낯으로 그가 말하였다.

"서두르지 마라, 흰 고양아. 200년 만에 맡는 이 공기를 벌써 끝낼 수는 없으니까."

"무슨 말이지?"

"후후. 얻을 것만 생각했지 패배의 리스크를 아직 모르는군. 흰 고양아, 패자는 루두무라스에 귀속된다. 그리고 도전자를 상대하는 가디언이 되지. 영원히 말이야."

성큼성큼 다가온 그는 손을 뻗었다가 손바닥을 아래에서 위로 반전시켰다. 그러자 경기장 최 외곽선의 땅이 융기하며 벽처럼 치솟았다.

중심에는 사각의 탁자와 그가 내가 마주 앉을 바위 의자가 생성됐다. 마력의 조짐도 없었거늘 땅을 지배했다손 싶을 만큼 정교한 운용이었다.

"차가운 시공의 틈에서, 싸늘하게 얼어붙은 채 영원히 기다리지."

조금 전 빛과 공기를 음미하던 그의 모습에 쉬이 이해되었다.

"나올 기회는 지금 같은 때뿐이군."

도전자가 나타났을 때다.

"그래. 그러니 얼마나 내 기분이 흡족하겠나. 용생 전체를 통틀어 지금처럼 만족스러운 적은 손가락으로 꼽는다."

햇살과 공기가 솜사탕이라면 그는 입에 한가득 넣고 꿀꺽 삼켰을 것이다. 그만큼 흐뭇해하였다.

"나는 조금이라도 이 자유를 더 만끽하고 싶다. 하지만 너는 나를 쓰러뜨려야만 하겠지?"

"그러고자 왔으니까."

"애석하군. 가능하면 바깥 세계의 이야기를 듣고 싶었는데 상대가 무지(無知)한 호캄이니 쉬이 말할 리는 없고…… 뭐, 쓸데없는 팔다리를 떼어 놓고 듣는 수밖에. 아, 예까지 올 정도니 고작 출혈 정도로 쇼크사하지는 않지?"

걱정 가득한 그의 물음에 나는 저자가 궤를 달리하는

존재임을 새삼 느꼈다. 인간이 곤충을 박제하고 물고기를 토막 내듯, 나를 대하고 있었다.

"하나 물어봐도 되겠나?"

"얼마든지."

괴물은 어깨를 으쓱였다.

"네 정체는 뭐지?"

"디칼립스라고 하면 알는지 모르겠군. 보다시피 용족이다. 마지막까지 남았던 대지(大地)의 용이지."

그는 오른손을 펼쳤다가 안으로 슥 움직였다. 곧 거인 형태의 돌 인형이 불쑥 일어났고 나무가 쑥쑥 자라듯 바위의 나무가 솟았으며 흙으로 빚어진 동물들이 통통 튀어나와 털을 긁기 시작했다.

"창조한 건가?"

"최강종인 용족. 그중에서도 우리 일족은 땅을 지배한다. 이 권능을 이용하면 군대부터 무기, 가디언 등 모든 것을 만들 수 있지. 이곳처럼 사용재료가 빈한하면 급이 좀 떨어지지만 말이야."

"당신 같은 존재도 뭔가 바라는 게 있었나 보군."

중앙의 의자에 온 디칼립스는 서슴지 않고 자리에 앉았다. 나 역시 서두를 이유가 없었기에 마주 앉았다. 언제 어느 때고 반격할 투로는 유지한 채였다.

디칼립스는 내 투로가 그의 몸과 이어지건 말건 전혀 관심이 없었다.

"먹을 게 있으면 좋겠는데. 네 팔 하나만 줄 수 있나?"

"……전혀."

"쩝. 조금 있다가 먹어야겠군. 아직은 이 공기가 흡족하니까."

그가 말을 이었다.

"시기가 얼마나 지났는지 모르겠지만, 족히 800년은 됐을 거야. 그 시절에는 용마전쟁이라는 게 있었어. 마족 따위랑 용족이 붙은 거고 꽤 치열했었지. 결과적으로 승리했지만, 피해가 커서 용족은 몇 남지 않았었어."

그때, 강유나가 내 머리칼을 살포시 당겼다.

『확인 완료!』

말 대신 메시지를 떠올려 준 그녀.

대륙의 문헌을 대조하여 그의 정체를 정의하자 상대의 머리 위에 정보창이 떠올랐다.

재앙의 용 : 디칼립스
추정 Lv ???

지진, 재해를 일으켜 국가를 전복하고 고대의 제국을

멸망케 한 파괴의 용. 기록된 바, 용마전쟁 이후 수면에 빠진 용들이 인간들에게 사냥당하자 최후의 힘으로 대륙 지판을 움직였다고 한다.

한 세대의 문명과 함께 종말을 맞이했다.

'1층부터 무슨 이런 거물급이!'

내심 놀랐지만, 겉으론 태연한 척 그를 보았다.

"후유증으로 동족들도 결국 죽었지. 시체나마 인간 종들이 뜯어 가져갔고. 결국, 쓸 만한 용은 나뿐이었던 거야."

디칼립스는 계속 내 팔을 보며 입맛을 다시고 있었다.

"별수 없더군. 기왕 이리된 거, 여의주나 빚어서 초룡(超龍)이 될까 싶었지만, 그러면 완전히 멸종되는 셈이거든. 아, 초룡은 너 같은 객체가 승격을 한 세 번 하는 걸 말하지. 전능해지면 잊히는 건 알려나? 뭐, 몰라도 할 수 없고."

"그래서 이곳에 온 건가? 용족의 부활을 위해서?"

"맞아. 결과적으론 이 꼬락서니가 됐지만."

한 시대를 종식시킨 재앙의 용이 탑에 귀속됐다는 건, 그가 패했다는 뜻. 나아가 그를 패배시킬 만큼 강력한 존재가 천공수에 묶였다는 의미였다.

"믿을 수 없다. 용족보다 강한 존재가 탑의 패배자로서 있었다니."

"후후. 그리 말하면 섭섭하지. 나는 내 욕심에 무너졌다."

디칼립스는 내 수갑을 가리켰다.

"염원을 하나만 하려니 아깝더군. 그까짓 제약이야 얼마든지 감당할 자신도 있었고. 해서 몇 개 추가했더니, 빌어먹을 그놈이 용족의 고유권능을 낫으로 쪼개 버렸어. 그 상태로는 제아무리 나라 한들 한계가 있었지."

모힘트라.

"탑에 영원히 종속됐다고 들었다. 혹시 나를, 도전자를 죽이면 무슨 혜택이 있지는 않나?"

"각박하게도 그딴 건 없다. 그렇지 않으면 내가 왜 말을 섞고 있겠느냐? 단박에 쳐 죽였지."

"만약 네가 내게 죽는다면 어떻게 되지?"

디칼립스는 세상에서 가장 재미난 이야기를 들었다는 듯 박장대소했다. 숨이 헐떡일 만큼 웃은 그가 손사래를 쳤다.

"나를 걱정하다니. 웃긴 고양이로군그래. 있을 리 없지만, 만약 내가 패배한다면 너는 바라는 것을 얻을 거다. 내 입장은 이겨도, 죽더라도 바뀌는 건 전혀 없고."

"죽더라도 죽지 못한다는 뜻인가?"

"그래. 나는 루두무라스의 작은 가지와도 같지. 분열하는 세포다. 내가 죽어도 나의 정보는 천공수에 새겨지고 또 다른 나는 진화하여 다른 도전자의 앞에 서지. 내가 빚은 여의주 역시도 마찬가지이고."

그는 길게 숨을 마셨다가 내뱉었다.

"너는 터무니없는 곳에 발을 들이민 것이다."

디칼립스의 시선에는 작은 안타까움도 배어 있었다.

"그렇다면 내게 져 줄 의향은 없나?"

"흐흐. '그'에게서 듣지 못했나? '심판과 시험의 대지에서 거짓은 곧 사망에 이르노니.'라고 말이야. 여기에서의 사망은…… 감히 우리가 상상할 게재의 것이 아니다."

"아깝군."

"큭. 그놈의 낫에 억만 번 잘리는 형벌이 있을 수도 있지 않겠나. 그러니 요행을 바라지는 마라, 흰 고양이."

그쯤에서 그가 일어났다. 혀로 날카로운 치아를 핥는 것이 제법 배가 고파진 모양이다.

"나를 웃겼으니 은혜를 베풀어 주마. 순서를 정하도록 해라. 네 뒷머리의 그년을 먼저 죽여 줄까, 나중에 죽여 줄까?"

"말에는 힘이 깃드는 법. 그전에 너를 쓰러뜨리는 것으로 하겠다."

"크흐하하하! 그래. 온 힘을 다해 저항하도록 해라. 내 관용을 베풀어 그년은 나중에 죽이는 것으로 해 주마."

디칼립스는 내가 충분히 자세를 잡도록 기다려 주었다. 강자로서 선공을 양보하는 모습이다.

그가 어떤 공격을 하건 나는 질충으로 쇄도하여 온 힘을 다해 찍고 대수인으로 후려칠 작정이었다.

"그럼 시작한다."

살의를 예리하게 쏘아 보냈다. 이에 코웃음 친 디칼립스가 손가락을 튕겼다.

그 순간.

쩍―!

경기장 전체가 밑으로 조각난 퍼즐처럼 와르르 무너져 버렸다. 찰나에 반응하여 점점이 사라지는 땅 조각을 밟으니 유리조각처럼 와장창 부서졌다.

발 디딜 곳 없는 내 몸은 그대로 아래로 추락해 버렸다. 디칼립스는 날개를 펼치고 그런 나를 유유히 지켜보았다.

거친 바람이 휙휙 지났다. 분명히 1층에 있었는데 천 길 낭떠러지에서 다이빙이라도 한 듯, 수천 피트 상공에서 고공낙하를 하듯 무지막지하게 떨어졌다.

『으엑~ 아래에 똥물 있어.』

추락한 돌 더미가 검은 물에 첨벙첨벙 떨어졌다. 다만, 무얼 키우는지 깊이를 알 수 없는 저 속에서는 거대한 해양 생명체가 바위를 통째로 집어삼키고 있었다.

빠졌다간 물밑에서 전쟁이다. 내 목표는 디칼립스를 쓰러뜨리는 것이니 당연히 위로 올라야 할 터. 그런데 고개를 추켜올린 위쪽에서는 타락천사처럼 날개를 활짝 펼친 디칼립스가 당도한 채였다.

"느려. 느리다고."

위에 있던 그가 찰나에 옆에서 같이 추락하는 자세를 취했다. 그런가 싶으면 아래에서 고개를 절레절레 흔들고 종국에는 잔상만으로 수십 명의 환영을 만드는 초고속의 이동을 보였다.

날개가 흔들리는 그 단순한 움직임만으로도 음속을 돌파한 것이다. 펑펑 터지고 귓전을 날카롭게 찌르는 파공성에 정신이 혼란할 지경이었다. 투로를 형성한다손 쳐도 유지할 수가 없는 상황.

하지만 내게는 파트너가 있었다.

『나만 믿으라구!』

패턴 분석.

강유나의 서포트가 그의 동선을 예언하듯 체크했다.

착! 착! 착! 이어지는 옅은 테두리를 따라 디칼립스가 똑같이 날개를 움직였다. 덜컥 정지한 그의 수평 이동.

내 두 눈을 희롱하는 엄청난 속도로 사방을 번뜩였다. 하지만 여유롭고 조롱하는 채라 강유나가 충분히 예측 가능했다.

『분석 완료!』

날개의 각도에 따라 예측한 정지 장소는 나의 시야각 바깥이었다.

배후다.

"우선 팔부터 가져가지."

녹색의 빛이 그의 손가락에 어렸다. 순식간에 확산하여 용의 발톱으로 형상화된 힘이 대번에 내 왼쪽 어깨를 찍으려 했다. 그의 움직임을 놓쳤다면 꼼짝없이 당했을 테지만, 이미 준비했던 바다.

'기회!'

나는 꼼짝없이 당하는 척, 기다리다가 허리의 반동으로 몸을 틀며 우측 손으로 당장 대수인을 사용했다. 픽 웃은 디칼립스는 남은 팔로 가볍게 이를 막다가 두 눈에 이채로운 빛을 뿜었다.

"오호!"

감탄사와 더불어 몸을 팽이처럼 회전시켰다.

순식간에 전신으로 녹색빛을 줄기줄기 뿜는 디칼립스. 빛이 구체로 몸을 보호하며 공기를 통째로 찢어발긴 그의 꼬리가 대수인을 직격했다.

"큭!"

내 어깨가 덜컥였다. 관절이 찢어질 듯 쓰리고 뼈가 시큰했다.

대수인이 막혔다!

쩌릿하게 떨리는 내 손만큼 디칼립스의 꼬리도 미미하게 진동하고 있었다. 재차 힘주어 밀쳐 내니 디칼립스의 꼬리와 대수인이 힘겨루기를 팽팽하게 시작했다.

"법력(法力)을 담았을 줄이야. 방심했다가 큰일 날 뻔했어."

"법력?"

팔에 한껏 힘을 주었다. 팽창한 내 근육만큼 그의 꼬리역시 요동쳤다.

"법력은 구체화된 격(格)이다. 세계를 품거나 그에 걸맞는 업(業)을 쌓았을 때 비로소 가능한 힘이지. 나 역시한 시대를 종말시키고야 얻었는데. 설마, 바깥은 또 멸망했는가?"

그의 말에 절로 내 의식이 왼쪽 다리로 향했다. 단순히경계를 넘은 것 이상으로 펠마돈의 괴수가 내게 큰 힘이 되어 준 듯해서였다.

"다른 곳이 없어졌지."

"흐흐. 재미있군, 아주 재미있어. 넌 맹수의 자격이 있다."

그는 대수인과 여전히 힘겨루기 하는 상태로 목을 좌우로 꺾었다.

아니나 다를까. 그의 꼬리가 출렁이니 내 팔이 대번에 뒤로 튕겨 나갔다.

엄청난 힘이다.

"한 단계 높여 보지."

디칼립스가 몸을 반대방향으로 회전하고는 날개를 움직였다.

팽이처럼 회전하는 채로 사라진 그.

[!!!]

강유나가 경고 메시지를 황급히 만들었다.

『위!』

유나가 이미지한 그의 잔상은 좌와 우로 흩어졌다가 위쪽에서 선명하게 나타났다. 여전히 실체는 분간할 수 없었으나 내 생각이 지금 무에 중요하랴.

판단이고 자시고 할 것 없이 그녀의 분석을 적극 신뢰했다.

수갑의 쇠사슬을 방패 삼아 위를 틀어막았다. 내리찍는 힘에 쇠사슬이 출렁이며 내 이마를 때렸다.

"반사신경이 제법이군. 하나, 이 속도에도 반응할 수 있을까?"

올려치는 내 발을 피한 디칼립스의 몸이 다시금 희끗희끗해졌다. 투로를 뻗고 이행할 한 치의 여유 없이 두 눈으로 녹색의 동선이 팔방으로 번쩍했다. 가일층 빨라진 속도 탓에 잔영이 두 배로 늘어났다.

'눈이 무의미하다.'

몸의 감각에 집중한 채 강유나의 오더를 충실히 따랐다. 체크포인트가 점을 딱 찍으면 즉각 방어. 그렇게 정신없는 5초가 5분처럼 흘렀다. 기백을 헤아리는 공격이 정신없이 몰아친 것이다.

『뒤!』

떵—!

쓸어 오는 회축.

『앞!』

말 탄 기사의 랜스 같은 용의 발톱.

카가각!

양손의 쇠사슬로 어렵사리 막았다. 사슬과 사슬 사이로 뚫고 오는 삐쭉한 광채를 환혼력으로 늦추었다. 녹색 광검을 팔꿈치로 찍어 깨부쉈다. 찰과상을 입은 피부로 내 피가 점점이 흘렀다.

'빠르기는 더럽게 빠르구나.'

질충으로 그를 공격하려 했으나 재차 디칼립스가 사라졌다. 시력으로 확보하고 살의로 확정 짓는 찰나조차 턱없이 부족하다. 게다가 구속구들 때문에 내 반응속도가 더딘 것도 문제였다.

그 미세한 차이 탓에 나는 수세를 공세로 돌리지 못했다. 실전에서는 머리칼 한 올 만한 간격이 목숨을 좌지우지하는 법이다.

그렇다면 선이 아닌 면을 틀어막아 보자.

나는 108수의 환혼장벽으로 우선 전면을 막았다. 큰 효과는 없겠으나 이 시린 한기가 그의 몸을 조금이라도 늦추는 효과가 있기를 바랐다. 환혼장벽이 부서지는 그 균열점을 따라 반격하는 것도 한 방편이리라.

디칼립스가 내 덫에 걸리기만을 바라는 그때였다.

『등쪽 벽(壁) 조심!』

강유나의 경고는 내 뒤를 향했다.

강유나는 별처럼 많은 디칼립스의 잔상을 연결했다. 눈 앞을 팽팽 도는 그의 움직임은 고속 이동의 여파로 공기층이 흔들고 있었다. 그제야 나는 내 몸이 일엽편주처럼 떠밀리고 있음을 깨달았다.

이대로 있다간 1층 외벽에 처박힐 터. 놈은 대지의 용으로서 땅을 지배한다고 하였다. 묻히면 심각한 상황에 닥칠 수 있었다. 활로는 앞으로 나아가야 하는 바. 압도적인 전력으로도 나를 함정에 몰아넣는 디칼립스는 실로 노련한 사냥꾼이었다.

할 수 없다. 내가 앞에 친 환혼장벽을 내 손으로 부수는 수밖에.

혈력을 집중하여 전사의 육체를 활성화했다. 완력에 호캄의 살의를 담아 단박에 질풍으로 내달렸다.

"오호. 영리한데?"

환장장벽을 스스로 때려 부쉈다. 간발의 차로 탈출하노니 뒤쪽에서 불쑥 나온 흙더미가 내 빈자리를 턱 씹었다가 후드득 아래로 떨어졌다.

짝짝짝…….

"그렇다면 용인(龍人) 형태의 전력을 보여 주지."

손뼉을 디칼립스의 에메랄드 목걸이가 영롱한 빛을 머금었다. 촛불이 하나씩 둘씩 번져 가듯 쭉 타고 진녹색 광채를 띠더니 마침내 그의 몸 전체를 선명한 녹빛으로 덮었다. 벼락을 품은 이용택 관장처럼 디칼립스는 녹색의 태양과 같아졌다.

용의 발톱이 뿌옇게 흐려졌다. 공간을 도약한 듯 삽시간에 코앞에서 내 얼굴을 쭉 갈랐다.

『꺅!』

강유나의 메시지보다 앞선 공격. 점으로 포인트를 짚고 이를 선으로 연결하는 그녀의 연산속도와 디칼립스의 움직임이 놀랍게도 똑같은 수준이었다. 동시였기에 내 반응이 무조건 뒤쳐질 따름.

'큭!'

파괴력은 극강!

그의 일격에 훌훌 날아가 외벽에 처박혔다. 그대로 나를 때려 박으려는 듯 디칼립스가 거대한 주먹을 망치질하듯 내게 휘둘렀다.

'대지의 뿌리.'

재빨리 자세를 바꿔 땅에 발을 박았다. 가로막은 팔 위로 내려쳐진 힘이 물결치듯 땅으로 분산됐다. 충격량을 전가하자 외벽 전체가 쩍쩍 갈라지기 시작했다.

"그러면 곤란하지. 되돌아가거라."

디칼립스가 손을 펼쳤다가 꽉 쥐었다.

시간을 거꾸로 돌린 양 땅으로 분산시킨 충격량이 다시 처음의 자리로 모여들었다. 대지의 뿌리를 원천봉쇄할 줄이야. 재차 휘두른 그의 주먹에 팔과 다리가 동시에 찌그러지듯 요동쳤다.

치솟는 통증에 인상을 확 찌푸릴 무렵, 정면의 디칼립스가 오른쪽 어깨를 확 젖혔다.

"고양이치곤 애썼다."

그의 주먹이 내 방어를 뚫고 머리에 작렬했다. 안면을 부수려는 것을 숙여서 이마로 받았으나 골통이 좌충우돌하는 건 어쩔 수 없었다. 흐릿한 시야로 그가 발톱을 예리하게 벼리는 것이 보였다.

최후의 일격이 오는 그때.

『이얍!』

머리칼 틈에서 강유나가 양손을 활짝 뻗었다. 왼손에서 쭉 나간 고압의 물줄기가 웃고 있는 디칼립스의 입속을 파고들고 오른손에서 주홍빛 열화 광선이 그의 양쪽 눈을 태우려 들었다.

"캑!"

볼썽사납게 숨이 턱 막힌 그가 눈마저 질끈 감았다. 고열이 눈꺼풀을 태우니 디칼립스의 비늘이 일부 녹아서 눌어붙었다. 그녀가 라탄트라의 유산을 참으로 시의적절하게 사용했다.

나는 마지막 순간 표적을 잃은 디칼립스의 발톱을 간발의 차로 피하고 그의 허리를 걸어찼다. 발목에 매달린 쇳덩이가 공성추처럼 그를 두드렸다. 하지만 육감이라도 있는 걸까.

"건방진!"

두 눈을 감은 채 디칼립스가 내 발을 잡고 쇳덩이 역시 팔꿈치로 찍어서 막았다. 발목이 비틀리기 전에 관절기를 사용하려고 하자 그가 나를 공깃돌 던지듯 위로 던져 버렸다.

압도적인 힘의 차이로 내 몸이 천장으로 훌훌 날았다. 공기가 귓전을 두드리더니 수십 미터 상공의 천장이 어느새 코앞이었다. 재빨리 몸을 뒤집었다.

쾅!

양손과 양발. 네 발로 벽을 찍었다. 이어, 손을 뽑아내고 대롱대롱 발만 박은 상태로 힘차게 천장을 걷어찼다. 디칼립스가 경미한 부상이나마 입은 지금을 놓칠 수 없었다.

엄청난 속도로 움직이는 놈에게 닿을 내 공격 스킬은 오직 질충뿐. 살의를 벼려 놈을 눈에 담았다.

"루타타."

『라져!』

1차 공격이 통하리라고 감히 자신할 수 없었다. 이를 간파한 강유나가 내 공격 노선과 디칼립스의 행동 양식을 분석해 그의 회피 포인트를 찍었다. 공중에 멈춰 선 디칼립스의 주위로 세 개의 지점이 반짝였다.

'땡공!'

단번에 디칼립스를 향해 질충을 써서 쇄도했다. 디칼립스가 손을 움직이니 열 개의 광검이 그물처럼 위로 올라왔다. 두 주먹으로 까부수고 돌격. 피범벅이 된 주먹과 질충으로 가속한 탓에 시야가 시뻘겠다.

붉은 정경으로 디칼립스의 날개가 움직이는 것이 보였다. 지금까지처럼 순식간에 사라진 것이 아니라, 새의 날갯짓처럼 동작과 그 밑에 어리는 녹색 광채의 소용돌이가 선명하게 보였다.

용의 날개를 중심으로 팔방에 뻗은 실낱같은 광선들. 그 가운데 하나로 디칼립스의 어깨가 극미하게 기울었다. 그러자 그의 몸이 연기처럼 녹아들었다. 초고속 이동을 하는 그의 기막힌 비행술의 원리는 광검지도의 새로운 운용법에 있던 것이다.

고절한 수법이다.

이해는 했으나 나의 자질로 단번에 그 수를 따라 할 순 없었다. 그러나 강유나의 도움 없이도 놈의 공격이 어디서 시작될지는 이제 알았다.

'좌상(左上).'

허깨비처럼 잔상을 곳곳에 남기고 유유히 내 목을 치려

는 디칼립스에게 고무줄처럼 허리를 꽈서는 응축된 완력을 그대로 때려 박았다. 한 끗 차이로 피하며 정확하게 놈의 턱을 올려쳤다.

"크—!"

디칼립스의 비늘이 꼿꼿하게 올랐다가 착 몸을 눕혔다. 분명 턱을 때렸건만 내 전력이 그의 몸 전체로 분산된 것. 호캄의 체모를 웃도는 생체 장갑이었다.

"아, 좋군. 이 힘과 자세. 고양이가 용아쟁투(龍牙爭鬪)를 흉내 내다니."

피해는 생각보다 약했다. 한데 디칼립스는 반격이나 공격을 하지 않은 채 고개를 주억이고 있었다. 나는 발목의 사슬과 쇳덩이를 휘둘러 그의 기둥 같은 다리에 얽어매며 물었다.

"그게 뭐지?"

"오직 살의로 구축한 전투술이지. 우리 용족이······ 응? 흐흐. 이거 묘한 짓거리를 했군?"

눌어붙은 눈꺼풀을 와락 뜨며 디칼립스가 눈을 치켜떴다. 나는 그를 향해 재차 질충을 사용했다. 달려들 수는 없으나 내 육체의 내구도와 스킬의 힘을 믿고 근접 박투를 감행한 것이다.

"이제 도망 못 칠 거다."

어쩔 수 없는 선택이었다. 용족의 비늘이 견고함을 방금 목도했지만, 거리를 두어서는 승산이 제로에 가깝다.

"정면으로 붙겠다? 가소로운 놈. 폭거의 의미를 뼈에 새겨 주마."

양손을 와락 뻗은 그의 큰 손톱이 대번에 내 체모를 싹둑 자르고 질긴 피부와 뼈까지 꿰뚫었다. 손가락이 비집고 들어와 살점을 뭉텅뭉텅 뜯어내고는 내부장기를 그대로 짓이겼다. 갑옷에 비견되는 내구도가 무색한 상황이다.

체내의 환혼력과 현실에서 얻은 유적의 운용을 총동원해 몸속에서 이를 옭아맸다.

극도의 고통 속에서 오직 살의를 끌어 올렸다.

'오냐, 내겐 불멸이 있다.'

이만한 상처도 없이 어찌 용을 잡겠는가. 뼈를 주고 뼈를 끊겠다.

꿰뚫린 그 상태로 나 역시 놈의 뿔을 움켜쥐었다. 머리를 뒤로 확 젖혔다.

그 상태로 망치로 못을 때려 박듯 놈의 머리를 뒤로 꺾고 안면을 들이받았다. 하나 그 순간 디칼립스의 목 근육이 강철처럼 견고해지더니 내 완력을 무시해 버렸다. 그가 고개를 슬쩍 숙이자 이마끼리 정면으로 충돌했다.

카캉!

두개골이 종처럼 울렸다. 뼈와 뼈가 부딪쳤거늘 폭발과 쇳소리가 동시에 울렸다.

"좋아. 아주 좋아! 이 얼마만의 싸움이냐. 기억나는구나. 투마(鬪魔)들과 이리 싸우곤 했었지. 암!"

크게 웃은 디칼립스가 절굿공이로 찍듯이 재차 머리를 젖혔다가 확 꽂았다. 이 한 수에 모든 것을 걸기로 했던 나 역시 이를 악물고 마주쳤다.

콰앙! 콰앙! 콰앙!

충돌에 충돌. 진동이 연거푸 이어졌다. 그의 비늘이 비교적 적은 탓인지 서로 피범벅이 되는 상태. 하지만 현 상태에 온 힘을 쏟는 나와 달리 디칼립스는 이빨을 드러내며 씩 웃었다.

녹광으로 번뜩이는 그의 이빨. 고개를 돌리자 뱀처럼 파고들어서는 대번에 내 목줄을 씹었다. 그뿐이 아니었다. 내 몸통에 박았던 손을 그가 비틀며 광검으로 내부 장기를 난도질했다. 폐와 심장이 토막 났다.

관통한 그의 녹색 발톱에 걸레쪽이 된 몸뚱이였다. 에일락 반테스의 경험을 통틀어서도 느껴 본 적 없는 고통에 저절로 살심이 충만해졌다.

"디칼립스—!"

나 역시 내 살과 뼈를 씹는 그의 목을 씹으려고 했다. 그러다 방향을 틀어 놈의 안면을 그대로 꽉 물었다. 코의 연골이 짓씹히고 내 치아가 그의 피부를 갈았다. 한 차례 훑고 지나서 다시 노리려는데 그 순간, 그만 눈앞이 캄캄해졌다.

그의 꼬리가 내 얼굴을 무자비하게 후려친 것이다. 목뼈가 덜걱덜걱거렸다.

'방법이 없어.'

무공의 힘. 신체의 내구도. 본능의 전투술. 모두가 나보다 한 수 위였다. 과연 불멸을 쓰고 나서 2차전을 벌인다면 승산이 있을까. 회의와 암담함이 엄습했다.

그럼에도 끝까지 포기하지 않는 것은 에일락 반테스의 경험이 있는 까닭이었다. 패배는 포기하는 순간 직면하는 법. 마지막 순간까지 결단코 투쟁심을 버려서는 안 된다.

'일그러진 륜. 펠마돈의 괴수!'

그래. 내게는 아직 두 가지가 남았다. 기술과 공력 없이 놈의 몸에 접촉만 한다면 수가 생길 수 있다. 무공으로 보호하지 않으면 접근도 전에 두 손이 토막 날 테지만 희망은 있는 것이다.

게다가 최후의 순간에는 왼쪽 다리의 괴수를 어떻게든 깨우면 됐다. 그 결과가 파멸일지라도 이렇게 포기하고 죽는 것보다는 백배 나았다.

그러니 그전까지는 온 힘을 다해야 하리라.

멀어지던 의식. 뒤로 꺾이던 모가지에 힘을 주었다. 피륙의 몸뚱이였다면 진작 생명이 끊어졌어야 옳으나 나는 소울 이터였다. 전력이 감소했을지언정 죽지는 않았다.

"영혼도 별미지."

디칼립스는 처음 장담했던 대로 나의 어깨를 와작 씹었다. 빗장뼈부터 토막 난 갈비뼈, 철철 솟구치는 피를 게걸스럽게 핥더니만 텁텁 씹어서 몸통을 그대로 삼키기 시작했다. 육신과 이를 잇는 마력의 중추를 먹는 것이었다.

나 역시 그 상태로 손을 내려 놈의 뿔을 비틀고 엄지로는 눈두덩을 쿡 찍어 버렸다. 디칼립스보다는 작은 입과 치아로나마 그의 살과 피를 삼키고 마셨다. 펄펄 끓는 쇳물을 들이키는 양 디칼립스의 몸이 내 몸을 변이시켰다.

내 피부로 비늘이 돋았다. 그의 체모 역시 하얗게 덧입혀지며 피칠갑을 한 얼굴에 하얀 눈썹이 자랐다. 서로를 먹고 서로 진화했다.

"크르르!"

나와 그는 처절했다. 그러나 한줄기 여유를 보이는 것은 디칼립스였다.

자신의 두 눈을 그대로 내준 채 긴 혓바닥으로 내 손가락을 감아서 당겼다.

와직!

씹고는 피를 철철 흘리는 눈으로 나를 응시했다. 나는 그의 시선이 내 얼굴 너머에 닿았음을 직감적으로 알았다.

"앙큼한 년. 빈틈을 이만큼 내줬는데도 안 온단 말이야."

강유나가 잠자코 숨어 있었다.

『나가면 때릴 거잖아!』

"그래. 우연히 맞아 뒈지는 건 약속에 어긋나는 게 아니니까. 그런데 가만히 있다간 이놈이 죽을 텐데?"

너덜너덜한 내 모습을 가리키며 그녀를 잘 자극했다.

『뭐? 어라! 상현. 죽지 마! 으아아앙!』

몰랐다는 듯 고개를 내민 그녀가 눈물을 가득 머금었다.

『너 나빠! 진짜 나빠!』

"그래. 그러니 얼른 나와서 아까처럼 해 봐라. 여기를 쿡 찔러."

폭력적이고 잔인하던 싸움과 달리 빈틈을 내미는 디칼립스였다. 그의 행동에서 격에 도달한 이가 내뱉는 언행이 얼마만큼 중요한 가치를 지니는지 새삼 느껴졌다. 먼저 죽이지 않겠다는 한마디 때문에 저 괴물이 저런 행동을 하는 것이다.

『불! 물! 바람!』

강유나가 디칼립스가 원하는 모습을 보였다. 잔뜩 충혈된 눈으로 울며 아까 기습했던 공격을 하려는 재현하는 것. 디칼립스가 즐겁게 입맛을 다시는 순간.

[불멸! 기습!]

메시지가 확 떠올랐다. 그녀의 재치였다.

자신이 디칼립스의 시선을 붙잡아 둔 그때를 노리라는 뜻.

즉시 불멸의 펠마돈을 사용했다. 미간의 펠마돈으로부터 황금빛 서광이 내려오더니 결손된 육신을 복구하였다. 일그러진 면을 쫙 피고 빠진 바람을 불어넣어 팽팽하게 하듯, 포션에 온몸을 마사지하는 감촉과 동시에 육신이 완전히 회복되었다.

겪고도 신비롭기가 이루 말할 수 없을 지경. 놀라운 점은 그 가운데 내 몸을 관통하고 있던 디칼립스의 두 손이. 어떤 힘으로도 꺾이고 부러지지 않을 것 같던 그의 육신이 촛농처럼 녹아내렸다는 사실이었다.

"어이가 없군. 이깟 치유용 균형력에 내 몸이 망가지다니."

백린에 의해 살이 타듯 손부터 손목, 팔꿈치까지 뚝뚝 떨어지는 가운데 디칼립스가 보인 변화는 가벼운 찡그림에 불과했다. 비명을 내지르지도, 절규하지도 않았다.

그는 내 투로를 차단하는 방어자세를 취하며 자신의 상태를 냉정하게 파악했다.

"흐흐. 본체화 불가에 회복 불가능. 균형력에 결함을 보이는 몸뚱이였을 줄이야. 반인반룡 상태에서의 전투력만 쓸 수 있다는 건가. 망할 뱃사공 같으니!"

모힘트라를 씹어뱉듯이 되뇐 디칼립스였다. 나는 그가 뇌까리는 도중에도 연거푸 공격 투로를 펼쳤다. 디칼립스는 머리로 쳐 내고 이빨로 반격을 꾀하며 물러섰다. 그러며 꼬리를 예리한 칼처럼 휘둘러 자신의 양팔을 싹둑 잘랐다.

방해된다면 육체라도 과감히 버리는 모습.

그가 성큼 물러섰다.

철그럭!

그러다 내 발목의 사슬을 발견했다. 이를 풀기 전에는 쉽사리 간격을 벌릴 수 없는 상태였다. 수갑과 쇠사슬 역시 모힘트라가 만든 것이니만큼 엄청난 내구도를 자랑하는 바.

"살아서나 죽어서나 '그' 놈이 문제구나!"

와락 인상을 구기는 디칼립스의 입속에서 폭죽처럼 불꽃이 확 터졌다.

강유나였다.

『히힛!』

보인 강유나가 눈 옆을 손가락으로 쭉 당기며 혀를 내밀었다.

『베에~ 바보 도마뱀~ 나 여기 있지롱~』

"……이 빌어먹을 년이!"

재차 그의 꼬리가 날아들었지만, 불멸의 펠마돈으로 원기 충만해진 내가 대수인으로 꼬리를 붙잡았다. 때맞춰 내 머리 뒤로 살짝 숨은 강유나가 다람쥐처럼 내려가서는 내 두 발아래에 공기층을 꾹꾹 눌렀다.

발판을 만들어 주니 디칼립스에게 의존해서 떠 있던 내 육신이 조금 자유로워졌다.

팡!

일점집중의 권을 지근거리에서 놈의 몸통에 쑤셨다. 집중된 법력이 강건한 그의 몸에 송곳처럼 깊은 구멍을 뚫었다.

"이제 보니 내가 두 년놈에게 속았군. 야성이 있는 줄 알았더니 음흉한 쥐새끼였던가."

정면승부를 하자는 그의 도발을 가볍게 무시했다.

"인간으로서 맹수를 사냥할 뿐이다."

"인간? 인간이라? 하하하! 변이된 고양이에 법력을 쓰는 놈이 인간을 자처한…… 컥!"

쿵!

재차 권을 때렸다. 뒤로 튕겨 나가던 그의 몸이 쇠사슬에 붙들려 당겨지노라니 이번엔 대수인을 써서 합장하듯 머리통을 쾅! 때렸다. 범종이 울리듯 둔중한 소리가 울렸다.

'부서지는 게 정상인데.'

찌그러지는 느낌만 있을 뿐, 놈의 머리는 아직도 형태가 온전했다. 일그러진 륜을 쓰려면 맨 살갗이 닿아야 하는데, 그렇게 공격 범위가 줄었다가 반격을 당할 우려가 있었다. 일그러진 양손의 륜이 치명적인 단검이라면 무공과 스킬은 창이자 활이다.

무기를 바꿔 쥐었다간 어떤 수에 당할는지 모른다. 디칼립스는 만만한 적이 아니었으니까.

지금은 대수인의 법력을 믿어야 했다. 그때 대수인의 틈바구니에서 디칼립스의 서늘한 눈빛이 스쳤다. 내가 포기하지 않았듯 그 역시 열세에서도 반격의 끈을 놓지 않은 상태였다.

『쟤 날개 움직여!』

강유나의 경고와 동시에 디칼립스가 고속이동을 감행했다.

시야가 확확 뒤바뀌었다. 사슬을 풀지 못한 채라 내 몸이 영락없이 끌려갔다.

천장으로 솟구쳤다가 외벽에 처박혔다. 아스팔트에 갈아 버리듯 내 몸이 벽에 깊은 고랑을 만들기도 했다. 양손이 없음에도 흙을 지배하는 권능은 쓸 수 있음일까. 불쑥 벽이 움직여 무덤처럼 나를 묻기도 하였다.

그러나 놈의 머리통을 감싸 쥔 대수인만큼은 끝까지 고수했다.

강유나 역시 한몫해 주었다. 등반하듯 내 어깨에 올라온 뒤 몸을 딱 고정했다. 그리고 바람의 속성력과 고압의 물줄기를 유지하여 톱질하듯 디칼립스의 날개를 잘라 갔다.

그 탓에 방향을 잃은 그와 나의 몸이 팽이처럼 헛돌았다. 추락한 우리의 몸이 검은 수면에 부딪혔다가 물수제비 튕기듯 벽과 벽을 오가며 처박혔다. 디칼립스는 그 가운데 끝까지 놓지 않는 내 대수인을 보고 피를 왈칵 토했다.

"끝이다."

튼튼하던 그의 두개골이 드디어 균열이 일었다. 대수인

의 법력 속에서 이만큼 버틴 것이 실로 경이적일 따름이다. 강유나의 도움이 아니었다면, 라탄트라의 불멸이 뜻밖의 효력을 발휘하지 않았다면 백 번 살아났어도 승산이 없었으리라.

실로 운에 운이 겹쳐서 일어난 승리였다.

"혼자 끝나서야 섭섭하지. 너도 루두무라스의 망령으로 만들어 주마."

피 분수를 뿜던 디칼립스가 입을 쩍 벌렸다.

순간, 내 본능이 경고했다. 에메랄드가 폭발할 듯 광채를 뿜더니 그의 몸체가 이글이글 불타올랐다. 열기는 대수인을 뚫고 손바닥이 녹을 듯 화끈거렸다.

용의 숨결! 문헌과 역사가 기록하는 용족의 파멸기였다.

지금의 내게는 여분의 생명도 없었다. 오직 정면승부뿐이다. 스킬은 무용지물, 법력과 일그러진 륜을 믿을 수밖에 없다.

『어, 어떻게 해?』

그녀의 물음은 자신의 속성력으로 막아 낼 레벨의 것이 아님을 내포하고 있었다.

하면, 강유나의 안전이라도 확보하는 것이 현명한 처사일 터.

"위로 피해야지요. 먼저 가서 기다리십시오."

이글이글 거리는 열기를 왼손으로 막고 오른손으로는 강유나를 잡아서 천장을 향해 던졌다. 전력을 회복한 지금임에도 눈앞에서 불타오르는 용의 힘은 실로 무시무시했다.

마시는 숨에 따라 폐가 불탔다. 복구된 호캄의 체모가 까만 재가 되어 흩날렸고 피부는 통째로 익을 지경이다. 숨결을 내쉬고 있는 디칼립스의 몸도 깨진 유리조각처럼 균열이 나는 상황.

시리도록 투명하고 아름다운 빛의 구체는 보기에만 아름다울 뿐 어떤 흉기보다도 살벌했다.

'곧 따라가겠습니다.'

나는 힐끗 위를 보았다.

강유나에게 인사하고 양손을 최대한 벌렸다. 그리고 양손을 포개서 디칼립스의 아가리 앞, 숨결이 응어리지는 빛의 구체에 가져갔다.

대수인이 철판에 올라간 얼음처럼 맹렬하게 녹았다. 이윽고 드러난 피부가 바짝 말라 불이 붙을 쯤, 일그러진 륜이 디칼립스의 숨결과 접촉했다. 남은 것은 일그러진 륜의 본능과 힘에 맡길 따름이다.

빛과 접촉한 손바닥이 울룩불룩해졌다. 조짐을 느낀 디

칼립스가 이맛살을 찌푸렸다. 만약 그의 눈이 멀쩡했다면 나는 크게 치켜떠진 모습을 볼 수 있었으리라.

일그러진 룬이 용의 숨결을 포식하기 시작했다. 그가 전방향으로 쏘아 내려던 숨결이 완전한 원에서 찌그러진 반원이 됐다. 그러자 힘을 한없이 응축시키던 디칼립스가 으르렁거렸다. 더 모을 것 없이 지금 폭발시킬 요량이다.

"파(破)!"

맹렬하게 회전하는 초고열의 녹색 토네이도.

어금니를 꽉 물었다. 죽음을 인지한 만큼 간절하게 다리의 문신에게 염원했다.

나를 구하라고. 지켜 내라고.

'이러다 같이 죽는단 말이다!'

그리고 채 대답을 듣기도 전.

번뜩이는 섬광과 아득한 정적이 육신의 감각을 모조리 앗아 버렸다. 묵직한 파동에 저며진 몸이 훌훌 날아갔다.

그 가운데 나는 왼쪽 넓적다리의 문신이 용의 숨결을 먹어 버리는 것을 보았다. 파멸기라 기록된 그것을 간식처럼 가뿐히 먹고는 내 육신까지 놀라운 속도로 복구시켰다. 가히 모힘트라를 마주했을 때와 같은 현격한 위용이었다.

"고맙다."

확실히 디칼립스의 말대로 내가 인간인 척하는 건 기만 행위일 수 있었다. 그러나 분명한 것은 천공수를 끝으로 나는 평화로운 일상을 거머쥘 것이라는 사실이었다. 내 목표와 목적은 오직 그것이니까.

　책임질 일만 수습하고 나면!

　안온하고 평안한 시간을 향유할 수 있을 것이다.

　반드시.

외전 : 〈이용택의 일상〉

이용택은 외부의 모든 것과 단절된 공간 속에서 숨을 고르는 중이었다.

빛 한 점, 먼지 한 톨 느껴지지 않는 이곳은 강유나라는 관리자가 특별히 만들어 준 공간이었다.

지름만 1,000미터 규모의 반구. 그것을 단단한 보강재로 둘러쌌다.

기의 파동을 날려 보내 사방을 흔들어 봤으나 제법 버텨 냈다.

저택을 그만 부수라는 무언의 압박이란 건 이곳의 상태만 봐도 알 수 있었다.

'저쪽에는 미안한 일이지.'

홀로 수련하는 것 정도야 공간의 제약을 받을 이유가 없다. 심상 수련이면 족하니까. 그러나 이제 막 궤도에 오른 한나의 경우 그럴 여력이 없었다. 가벼운 대련의 여파로 건물 하나 무너지는 건 일도 아니니 한껏 억누르고 조심조심 살아야 했다.

발톱을 감추고 야성을 가다듬었다. 이 파괴 본능을 함부로 풀어헤쳤다간 상상도 못할 사태가 일어나리라. 역설적이게도 그래서 이용택의 정신수련은 한없이 높은 경지로 치닫고 있었다. 인간 본연의 투쟁심을 가다듬는 것이 최대의 수련인 까닭이었다.

삐빅.

이용택 앞으로 스크린이 떠오르며 '통화 요청'이라는 문자가 반짝였다. 손을 들어 확인을 눌렀다.

"누구?"

[강유나입니다. 그곳은 어떠세요, 관장님?]

스크린에서 흘러나온 목소리는 밝고 경쾌했다.

"나쁘지 않아. 무엇보다 조용한 게 마음에 드는군."

덤덤히 대꾸하던 그가 강유나의 보라색 눈동자를 고요히 응시했다.

심유한 그의 눈빛에 담긴 내면의 야수성을 본 그녀가 움찔했다. 역시, 이상현의 여자다웠다. 현명하며 보지 못하는 것을 간파할 줄 안다.

이용택은 그녀를 다독일 겸 가볍게 물었다.

"그런데 자네도 날 관장이라 부르는 건가?"

순식간에 평정을 찾은 강유나가 빙긋이 웃었다.

[상현 씨가 그리 부르니까요. 원하시는 호칭이 있다면 말씀하세요.]

"아니, 나도 그게 편하네. 용건은?"

[정신과 고요의 방에 대해서 설명해 드리려고요.]

"여길 그리 부르나?"

[네, 설계할 때 영감을 얻은 게 아주 유명한 만화거든요.]

스크린 속에 외형사진과 구조를 설명하는 정보가 떠올랐다.

[외벽의 강도는 탄소 단일 결합체로 강철의 100배 정도 단단해요. 여러 능력자에게 테스트해 봤는데 흠집을 내는 이조차 없었어요. 운석이 직격해도 버틸 수 있을 만큼이죠.]

이용택은 외벽에 시선을 던졌다. 한번 부숴 볼까 하다 정말 부서지면 만든 상대에게 미안한 짓이란 생각에 그만두었다.

스크린이 반짝거리더니 정신과 고요의 방 중심에 박혀

있는 나노 코어에 대한 정보가 떠올랐다.

[이것이 핵심인데요. 코어가 회전하면서 그 방의 인력(引力)을 조절할 수 있어요. 방 안의 사람은 코어 쪽으로 당겨지는 인력을 느낄 수 있게 되죠. 이른바 가상의 수련장이랄까요? 배수를 말해 주시면 음성 명령을 받아 자동으로 설정된답니다.]

"최대치가 얼마지?"

[인력이 32배 정도 늘어난 수준까지는 가능해요. 일단 적은 배수부터 적응해 보시겠어요?]

이용택이 고개를 저었다.

"32배로 키워 주게."

[실험 데이터가 16배까지뿐이라…… 아메바 실험체는 16배 안에서 서 있지도 못했어요.]

스크린 너머로 들려오는 걱정스러운 목소리에 이용택은 담담히 말했다.

"문제없네."

멈칫했던 그녀가 이용택의 눈을 보고는 이내 수긍했다. 그녀가 가동 스위치를 눌렀다.

드르르.

코어가 진동하며 수련장 안의 공기가 순식간에 무거워졌다. 땅이 강화된 힘으로 발을 끌어당기는 느낌. 몸을 짓누르는 감촉에 새삼 새롭다는 느낌이 들었다.

'좋군.'

자신이 무겁다라고 압박을 받은 적이 대체 언제였던가?
이 정도면 한나의 괄괄함도 충분히 버텨 낼 수련 공간이
되리라.

[괘, 괜찮으신 거죠?]

강유나의 조심스런 물음에 이용택은 가만히 고개를 끄
덕이며 물었다.

"이 이상도 가능한가? 한 100배 정도면 나도 마음껏
뛰어놀 수 있을지 모르겠어."

[네에?]

강유나는 지상 최강의 사내라 어림짐작하고 있던 관장
의 강인함이 어느 정도인지를 새삼 깨달았다.

측정불가.

강유나의 비밀 데이터베이스에 있던 관장의 모든 정보
가 지워지고 무한대를 나타내는 수의 기호, '∞'가 자리
했다.

[출력 높이는 건 연구해 볼게요.]

"고맙네. 여러모로 신경 써 줬군."

[별말씀을요. 상현 씨의 지인은 제 지인과 다름없으니
까요. 언제든 도움을 요청하세요.]

통화를 종료하려는 강유나에게 이용택이 물었다.

"참, 요즘 상현이는 어찌 지내고 있는지 아는가? new century에 있나?"

[그건…….]

뭔가 있지만, 말을 꺼리는 느낌에 이용택이 부드럽게 말했다.

"자세한 사정은 됐고, 잘 지내고 있는지만 말해 주게."

[고생하고 있지만 괜찮을 거예요.]

그녀는 꿀을 잔뜩 먹은 곰처럼 만족스러운 미소를 지었다.

진심으로 행복해하는 그녀의 아름다움은 만년설 같은 이용택의 부동심마저 잠깐 흔들릴 정도로 매력적이었다.

[상현 씨에겐 지금 아주 든든한 지원군이 함께하고 있거든요.]

퍼뜩 생각이 미친 그가 말하려는 순간,

"자네 혹시……."

스크린이 사라졌다.

재빠르다.

이용택은 팔짱을 끼고 생각에 잠겼다. 강유나라고 했던

가? 상현을 호칭하는 목소리만 들어도 얼마나 소중하게 여기고 있는지를 알 수 있었다.

'이블린 그 아이만 걱정했다간 큰코다치겠군. 적당한 장소도 생겼겠다, 한나도 좀 더 수련에 집중시켜 격을 하루빨리 끌어 올려야겠어.'

딸이 행복하길 바라는 아버지의 마음. 누군가에겐 지옥 훈련이 되어 돌아올 것이다.

이용택이 정신과 고요의 방을 나선 건 매우 늦은 밤이 다 되어서였다. 기초의 기초로 돌아가 정권을 뻗는 단순한 동작을 긴 시간 반복했더니 온몸이 땀에 흠뻑 젖었다.

사실 아무 무공을 썼다간 남아나는 것이 없어서 어쩔 수 없이 기초만 하게 된 것이지만 말이다.

마음으로 동작을, 그리고 그것에 정신을 담아 활용하는 심상 수련법은 효과적이긴 하나 실전에 대한 채워지지 않는 갈증이 남는 수련법이기도 했다.

'딱히 누구한테 권해 줄 순 없겠지만.'

육체를 고단한 상태로 몰아넣는 케케묵은 훈련은 그 때문에 오히려 마음을 달래는 정신 수련이 되기도 했다. 세상에서 자신이나 상현만 할 수 있으리라.

이용택은 저택의 문을 열고 계단을 올랐다. 있는 힘껏

몸을 풀었더니 오랜만에 수련다운 수련을 했다는 개운함이 찾아왔다.

방으로 들어선 그는 우선 침소 쪽에 귀를 기울였다. 새근거리는 숨소리가 들리는 것이 아내는 곤히 잠들어 있는 듯했다.

욕실로 향하기 위해 조용히 지나가려는데 혜란이 고개를 살짝 들었다.

"여보?"

"신경 쓰지 말고 주무시오."

눈을 감은 채로 빙긋이 미소 지은 그녀가 입을 가리고 하품했다.

"저녁 안 먹었죠? 차려 줄게요."

기어코 일어나 부엌으로 향하는 혜란. 단잠을 방해하고 싶지 않아 기척까지 줄였지만, 아내를 깨우고 말았다. 자신이 돌아올 때까지 기다렸던 것이리라.

"씻고 와요."

멍하니 아내를 바라보던 이용택은 욕실 안으로 들어가 샤워기를 틀었다.

쏴아아.

물방울이 땀을 걷어내자 청량감이 맴돌았다.

잠시 후, 이용택은 수건을 걸치고 밖으로 나왔다. 부엌에는 식사 준비를 끝마친 혜란이 앉아 있었다. 들어올 때까지는 별생각이 없었으나 음식 냄새를 맡으니 시장기가 돌았다.

"드세요."

혜란은 싱긋 웃었다. 막 잠에서 깼다고는 믿어지지 않을 정도로 고운 얼굴. 결혼한 지 15년이나 흘렀건만 두근거림이 여전하다.

숨법을 제대로 익혀서인지 오히려 요즘이 더 예쁘다는 생각이 들었다.

"피곤하지 않소?"

"전혀요."

항상 이랬다. 자신이 어떤 일을 하든 서운함을 표현한 적이 단 한 번도 없었다.

선인들의 흔적을 쫓아 전 세계를 돌아다닐 때도. 멋들어진 청혼은커녕 같이 살자는 말 한마디 확실하게 못 했을 때도. 자신을 보는 아내의 눈빛은 절대 흔들리지 않았다.

이런 무심한 남자를 뒷바라지 하며 좋아해 주는 것만으로도 고맙고 고마운 여인이었다.

뭔가 해 주고 싶은데.

이용택은 식사가 끝날 무렵까지 앞에 앉아 적적하지 않

게 말을 걸어 주는 혜란에게 물었다.

"다음 주에 기념일이 있는 것 알고 있소?"

"당신이 그런 걸 다 기억해요? 알죠. 당신 옆에 꼭 붙어 있겠다고 생떼를 쓰던 날인 걸요."

입을 가리고 그녀가 웃었다.

"당신 그날 어찌나 어색한 표정을 짓던지."

"부인이 그리 나올 줄 몰랐거든."

"한국을 떠난다고 해서 마지막 기회라 생각했거든요. 아무튼, 이런 여자 만나서 같이 살게 된 거 후회 안 하죠?"

이용택은 헛기침을 하며 말했다.

"그날 데이트나 합시다."

혜란의 입가에 기분 좋은 미소가 지어졌다. 그윽하게 바라보는 아내의 눈길에 이용택은 오늘 밤도 즐거운 잠자리가 될 것 같다는 생각이 들었다.

　　　　�\　　　　✕　　　　✕

기대하던 데이트에는 작은 난관이 있었다.

"흠…… 꼭 이렇게 가야 하오?"

"제 마음대로 하라면서요?"

이용택은 자신의 차림을 바라봤다. 맞지 않는 옷을 입은 것처럼 어색하기 그지없었다.

편한 도복만 입고 지낸 지 십수 년. 쫙 빼입은 슈트며, 잘 빗어 넘긴 머리는 그의 패션에서 전혀 없던 방식이었다.

마치 새로운 초식을 발견해 이리저리 시험 운용해 보는 것마냥 팔을 움직여 보았다. 슈트가 걸리적거리며 자연스러운 동작을 방해해 왔다. 혜란이 양손 검지를 교차해 가위 자를 만들었다.

"벗을 생각 말아요."

"안 그러오."

오늘만큼은 전적으로 혜란의 지시를 따를 참이었다.

"이제 출발해요."

드레스를 걸친 혜란이 이용택의 앞에 섰다.

슈트를 어색해하는 그와는 다르게 익숙한 몸짓으로 우아한 자태의 그녀의 모습은 절로 탄성이 나올 정도였다.

"아름답소."

"당신도 멋져요."

기분 좋게 방을 나서는 두 사람 앞으로 막 수련을 끝마친 듯 엉망진창의 옷을 입고 있던 한나가 나타났다.

"어?"

한나는 평소와는 다른 세련된 미모를 뽐내고 있는 혜란의 모습에 놀라다 이용택에게 고개를 돌렸다. 그리고 입을 딱 벌렸다.

"아, 아빠?"

"크흠."

"세상에! 아빠가 머리에 뭘 바르고, 양복을 입었어!"

이용택은 창문도 없는 복도에서 보이지 않는 먼 산을 향해 시선을 돌렸다.

멋쩍어 하는 그의 표정에 혜란은 소리 없는 웃음을 흘렸다.

한나는 중년의 멋을 한껏 뽐내고 있는 이용택을 두루 살피며 놀란 듯 물었다.

"오늘 무슨 일 있어요?"

혜란은 이용택의 팔에 팔짱을 꼈다.

"데이트. 늦게 올 거니까 찾지 마."

한나는 혜란의 손에 이끌려 밖으로 나가는 아빠의 모습을 믿을 수 없다는 듯 쳐다보았다.

도시의 야경이 한눈에 보이는 타워에는 사람들로 북적였다.

이용택은 '서 있을 공간이 협소하다'라는 짧은 사고 과정으로 사람들 틈에 한적한 공간을 만들어 냈다. 격이 다른 그의 의지는 보통 사람은 저항할 수 없는 절대적인 법칙과도 같았다.

이용택이 한 걸음 다가서자 전망대의 시야 좋은 장소는 투명한 벽이 생겨난 것처럼 사람들의 접근이 차단됐다. 한쪽은 인원이 쏠리고 한쪽에는 사람이 없는 극과 극의 풍경에도 이상함을 느끼는 이는 없었다.

"여보."

혜란은 이용택의 손을 붙잡고 주위를 둘러보았다.

"저들도 우리처럼 즐거운 한때를 보내러 온 사람들이 잖아요. 오늘만큼은 평범하게 보내요."

"어찌할 수가 없소."

격을 갑자기 끌어내리지 않는 한 저들이 자연스럽게 그를 인식할 방법은 없었다.

"정말 방법이 없어요?"

이용택은 서로를 꼭 끌어안은 채 재잘거리는 한 쌍의 연인에게 시선이 머물렀다. 혜란도 그들을 바라보며 그의 허리에 팔을 감아 왔다.

"저 사람들 보기 좋죠?"

"그렇군."

소소한 일상이 주는 즐거움이 무엇이던가? 깨달음의 한계가 다를지언정 저 연인이 느끼는 감정까지 다르다고 단정 지을 수는 없었다.

이용택은 고민했다.

격의 상승으로 점점 사람과의 소통이 단절되어 버린다면, 자신은 몰라도 아내나 한나는 외로움을 느낄지 모른다.

"잠시만 있어 보시오."

혜란에게서 떨어진 이용택은 천천히 숨을 골랐다.

외부를 겹겹이 둘러싸고 있던 기운을 조금씩 안으로 갈무리했다. 소통을 위한 숨법이 기운을 한곳에 집중하는 축기술(築氣術)로 변화해 갔다. 그에 따라 사람들과 경계를 그은 투명한 벽의 규모가 점차 줄어들기 시작했다.

이윽고, 그의 숨 고르기가 끝났다.

"자기, 저거 보여?"

"예쁘다~ 우리 자기만큼."

"아이, 몰라~"

멀찌감치 떨어져 있던 연인의 목소리가 선명하게 들려왔다.

이용택은 자신의 단전에 진득하게 자리 잡은 응집된 기

운이 꼭 옛 선인의 문구 어딘가에서 본 내단을 만들어 내는 경지와 비슷하다고 느껴졌다. 자연체로 돌아가 사람들 틈에 스스럼없이 섞여 드는 방법이 이런 것은 아니었나 싶었다.

혜란에게 시선을 돌린 이용택이 말했다.

"성공한 것 같군. 나중에 방법을 알려 주겠소."

"당신만큼 강해지지 않으면 의미 없는 거잖아요. 상현 군에게나 알려 줘요."

"그것도 좋은 생각이군."

"그럼 본격적인 데이트 시작할까요?"

이용택은 말없이 왼팔을 내밀었다. 혜란이 빙긋 미소 지으며 팔짱을 끼고 그의 어깨에 고개를 기댔다.

타워 구경을 끝마치고, 다른 연인들마냥 열쇠를 구매해 철조망에 걸어 보고, 시장거리를 걷다 길거리의 음식을 손에 쥐고 맛있게 먹기도 했다.

이렇게 차려입고 근사한 레스토랑이라도 갈 줄 알았건만, 혜란이 향한 곳은 누구나 찾아갈 수 있는 평범한 장소들뿐이었다.

그럼에도 혜란의 입에서는 내내 웃음기가 떠나지 않았다.

시장을 지나 분수가 솟아오르는 광장을 거닐던 이용택

이 물었다.

"정말 이 정도로 괜찮소?"

"그럼요. 당신이랑 무지 해 보고 싶었던 것 중 하나를 이룬 거니까."

"고작 이런 게 하고 싶었단 말이오?"

"어어, 고작? 당신, 결혼 전에 어땠는지 알아요? 오랜만에 찾아와서는 잘 지냈느냐는 한마디 인사도 없이 서 있다가, 밥이라도 같이 먹자니까 기다리라는 말도 없이 떠나 버렸잖아요."

무뚝뚝하게 대했던 과거의 자신이 떠올라 이용택은 헛기침하며 입을 다물었다.

"미안하오."

"됐네요."

입술을 삐죽이는 아내를 지켜보고 있던 이용택은 그녀의 얼굴에 손을 대고 그대로 입을 맞추었다.

"이이가. 사람들이 보잖아요."

"볼 테면 보라고 하시오."

이용택의 가슴을 톡톡 때리던 혜란은 이내 그의 목을 휘감고 감미로운 기분을 만끽했다.

대로 한복판에 서 있는 한 쌍의 남녀.

훤칠한 체격의 남자와 아름다운 여인의 입맞춤은 마치

영화의 한 장면처럼 빛이 났다. 가끔 북적이는 사람들 틈에 섞여 로맨틱한 기분을 만끽하는 것도 나쁘지 않다는 생각이 든 이용택이었다.

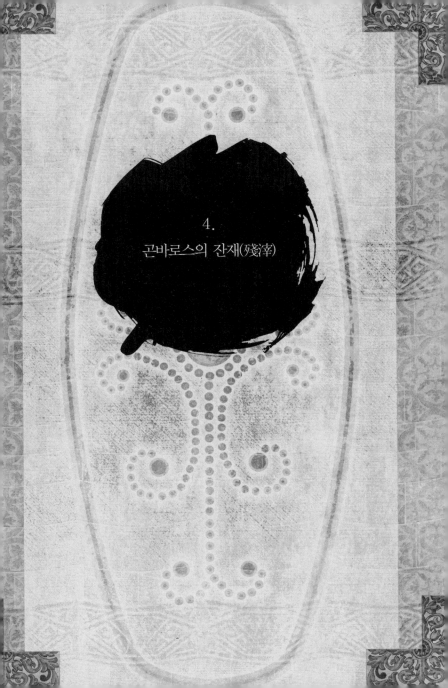

4.
곤바로스의 잔재(殘滓)

대격전을 마친 1층은 말 그대로 지형이 바뀌어 있었
다. 아래에 넘실거렸던 검은 물은 증발해서 바닥을 드러
냈고, 벽과 천장에는 긁히고 파이며 녹아내린 자국이 선
명했다.

알몸 상태의 나는 적법사의 의복을 대신하여 인벤토리
에서 가운 하나를 꺼내 걸쳤다. 그리고 강유나와 함께 전
리품을 획득하였다.

『뭐 찾아?』

"천공수의 층마다 보상이 있다고 했거든요. 분명히 있
을 텐데, 잘 보이지가 않는군요."

내 소원은 두 가지였다. 신진권의 분체들을 없애는 것

과 곤바로스와 융켈의 흔적을 거머쥐는 것. 모힘트라는
첫 번째 소원은 탑의 2층에서 이루어지고 두 번째 바람은
5층에서 모두 해결된다고 말했었다.

여기서 중요한 포인트는 '모두'라는 단어다. 이는 도
중에 퍼즐 맞추듯, 조각을 하나씩 채울 수도 있다는 뜻이
다. 디칼립스라는 강적을 무찌른 만큼 분명히 혜택도 있
을 터. 층을 정복할 때마다 채워진 수갑이 풀리나 했는데
용이 새겨진 이 물건은 요지부동이었다.

다른 데 뭔가가 있을 것이다. 이를 샅샅이 찾노라니 강
유나가 고개를 갸웃 해 보였다.

『몸이 변한 게 보상 아니야?』

"이건 서로 먹다 보니 자연스레 강화된 겁니다. 탑의
보상이 아니지요."

디칼립스의 몸을 일부 먹어선지 최강 생명체라는 용족
의 정보가 내 육신에 적용됐다. 하얀 덕분에 체모 너머로
에메랄드 같은 비늘이 피부를 덮은 상태였다. 그러나 이
건 소울 이터로서 얻은 수확이지 루두무라스의 성과급이
아니었다.

『나도 찾을래.』

손을 번쩍 든 그녀가 나비처럼 날며 황폐화된 1층 공간
을 누볐다.

유나는 천공수를 놀이동산처럼 즐겼다. 정확하게는 우리가 함께하고 있는 이 시간을 즐기고 있었다. 과거 성당 연구소에서 은둔한 채 지낸 기억 때문일까. 어려 보이는 루타타의 외모만큼 점점 어리광을 부리고 행복해한다는 모습이 새삼 이해됐다.

'예쁜 딸을 둔 아빠의 심정이 이럴 거야.'

사랑받는 아이는 표현하는 데 거리낌이 없다. 아빠와 엄마를 믿으며 순수하게 기뻐하는 작은 요정이었다. 유나가 나를 좋아하는 이유도 여기에 있다.

불안 속에서 지낸 세월. 자신을 보살펴 줄 든든한 아빠 같은 사람. 그리고 등장한 나. 이 모두가 어우러져 순수한 어린 시절의 자유와 동심에 유나는 푹 빠져 있었다. 그 모습에 나 역시도 부모님의 기억이 아련히 멍울졌다.

『상현, 여기저기에 되게 많아!』

유나가 1층 지도에 반짝이는 포인트를 짚었다. 그녀가 찾은 것은 자폭하며 흩어진 디칼립스의 육체였다. 나는 껑충 뛰어서 절벽에 주먹으로 동굴을 뚫었다. 광석처럼 박혀 있던 아이템이 무너진 흙더미와 함께 떨어져 있었다.

유나가 폴짝폴짝 뛰며 들어갔다.

[득템!]

벽면에 박힌 디칼립스의 잔해를 산삼 실뿌리까지 조심히 캐듯 한 아름 가슴에 모았다. 주먹으로 만든 일직선 동굴은 폭과 높이가 매우 좁았다. 만약 그녀에게 날개가 없었다면 나는 엎드린 그녀의 엉덩이를 보고 있었을 것이다.

[드래고니안의 그을린 비늘을 발견하였습니다!]

예전 new century를 떠올렸는지 유나는 아름다운 목소리로 낭랑하게 말했다.

용의 비늘이 아닌 이유는 디칼립스가 반인반룡의 상태로 죽은 까닭이다.

[와우! 드래고니안의 찢어진 가죽을 획득하였습니다!]

[옳지! 충만한 마력의 용아(龍牙) 획득! 용아병 제작이 가능해졌어요!]

[대박! 최상급 마력석 파편이 무려 여섯 개!]

[오예! 이건 상현 씨 밥! 디칼립스의 영혼부스러기요. 영양 만점!]

거참, 추임새가 다양하기도 하다.

"말로 하든지 메시지창으로 하든지 하나로 통일해요. 그리고 그러다가 머리 부딪치……."

콩!

『으따따!』

하여간.

"그럴 거 같더라니까."

양손으로 머리를 감싸곤 울먹울먹했다.

『머리 쿵 했쩌.』

혀까지 깨물었는지 말투도 짧아졌다.

"괜찮아요?"

도리도리 고개를 저은 유나가 나비 날개를 퍼덕이면서 날아왔다. 다가온 그녀가 머리를 들이미는 통에 '설마' 하는 심정으로 호~ 하고 입바람을 불어 주었다.

유나가 해쭉 웃었다.

『이제 안 아파!』

그리곤 괜히 민망한지 빨개진 얼굴로 내 어깨에 앉아 발을 동동 굴렀다. 나 역시 짐짓 헛기침하고는 괜히 다른 곳을 보았다. 지켜보는 이 하나 없는데 묘하게 낯이 뜨거운 이유는 뭘까.

달콤한 향기가 나는 그녀를 보다가 머리를 쓰다듬어 주었다. 그러다 한바탕 크게 웃었다. 아마 이용택 관장이 봤으면 한마디 했을 것이다. '자알~ 들 논다' 라고.

"이제 아이템 효과음은 그만하는 게 어떨까요?"

『에이~ 더해~ 웅?』

"재미없는 건 아닌데, 처음이라 그런지 조금 민망하거든요."

더했다간 손발이 없어질 거 같았다. 회귀 전에 영화를 볼 때도 로맨틱 코미디는 보지 않고 액션과 첩보만 본 것도 그래서였다. 애교를 보면 기분 좋으면서도 창피한 감정이 교차했다.

『처음? 히히!』

입을 가리고 유나가 킥킥 웃었다.

'그게 그런 뜻으로 한 말은 아닌데.'

내심 고개만 휘휘 저을 따름이다. 그나저나, 이쯤 되니 나도 인정할 수밖에 없었다.

'거참. 정말로 1층의 보상이 이런 거였다니.'

유나가 수습한 아이템의 종류가 생각보다 매우 다양했다. 인위적으로 부산물을 남겼다고 싶을 정도다. 디칼립스라는 존재의 영혼 잔재마저 수정구의 형태로 박혀 있었으니, 1층의 보상은 정말로 저 아이템들인가 싶기도 했다.

나는 보관창 한쪽에 자리한 디칼립스의 영혼 구슬을 응시했다.

오묘한 광채를 품은 주먹 크기의 구슬. 이 안에는 죽기 직전의 드래고니안이 선명한 영체로서 맴돌고 있었다. 이런 걸 먹는 식으로 5층까지 강해지면 곤바로스와 융켈급이 된다는 뜻일까.

그때 유나가 밑을 가리켰다.

『저기 아래도 뒤져 볼게!』

'맞다, 저기도 있었지.'

검은 물로 가득했던 곳. 우리는 괴생명체가 헤엄쳤지만, 용의 숨결에 증발해 버린 1층의 바닥으로 향했다.

수면 위의 장소까지는 쭉쭉 내려온 뒤 다음부터는 원형으로 빙글빙글 돌며 빠진 곳 없이 발 도장을 찍었다. 그리고 조금씩 공기의 색채가 달라짐이 느껴졌다. 나는 new century에 오며 상대적으로 모자랐던 마력이 충만하게 용솟음치는 것을 만끽했다.

마치 현실에서 순종하는 마력을 무한대로 끌어다 쓰는 기분이었다. 이런 상태였다면 디칼립스를 상태로 그토록 힘겹지는 않았으리라. 대수인으로 아예 1층 전체를 점령하고 발테리아스를 수십 개 소환해도 무방했을 테니까.

'위상변화다.'

그것도 지구와 가까운 곳.

"루타타. 이곳과 위쪽의 좌표를 확인해 보겠어요?"

『응. 안 그래도 말하려던 참이었어. 여기 되게 이상해.』

유나는 위쪽에 점을 딱 찍고는 바로 바닥을 찍었다. 숫자와 기호는 단위부터 달랐다.

『여기랑 여기의 거리가 서울에서 달 정도야.』

손가락 한 마디 간격. 그러나 속한 배경과 연결된 위치가 달랐다. 나는 위시 여인을 떠올렸다.

물방울과 무지개. 염원과 소원의 통로.

수수께끼 같은 그 말만큼 현재를 명확하게 정리하는 날말이 또 어디 있으랴. 원리는 같았다. 소원의 탑인 천공수는 어디든 갈 수 있는 게이트이자 터널이고 필드인 교차 공간이다. 이곳에서 세계와 세계는 격벽이 매우 얇아진다.

"무언가를 숨겨 두기엔 이곳이 딱 좋은 장소군요."

위쪽과 달리 바닥에는 돋보기와 망원경 등이 이곳에는 놓여 있는 셈이었다. 도구를 쓸 줄만 알면 생각보다 많고 다양한 것을 알 수 있었다.

『응. 엿보기에도 최고야.』

"찾아봅시다."

유나가 내 어깨에 올라 앉자 나는 비밀의 시선을 사용했다. 그녀가 내게 신호하는 만큼 수위를 조절하고 멈추었다.

1층의 −1단계.

풍경이 이분화되어 펼쳐졌다. 우리는 삽시간에 썩은 물과 검은 해양 괴물이 헤엄쳐 다니는 공간을 유영하고 있었다.

'심해어를 수백 배 확대해서 구경하는 거 같다.'

문명은커녕 어떤 기현상도 없었다. 그저 고요하고 칙칙한 생태계를 구경하는 상황이다. 우리를 발견한 한 괴물이 입을 벌리는 순간, 유나가 신호했다. 더 깊은 심연으로 들어간다.

1층의 −2단계.

줌인 된 시야가 줌아웃 되듯 시야가 넓어졌다. 조금 전에 있던 심해가 수족관으로 보였다. 주위를 둘러보니 이곳은 음침한 연구실이었다. 귀여운 돌고래나 거북이 대신 아귀 같은 괴물들만 잔뜩 박제된 실험실 같았다.

백과사전 급의 도서와 표본들 밑의 알 수 없는 문자가 빼곡하게 적혀 있었다. 지식에 열광하는 유나는 눈을 반짝반짝 빛내며 책 한 권을 얼른 챙겼다.

삐이익—!

경고음과 함께 사방에서 셔터가 내려왔다. 그 순간, 박제된 괴생명체 중 하나가 노란색의 눈을 번쩍 떴다.

『꺅!』

눈을 마주한 그녀가 들고 있던 책으로 방패처럼 막았

다. 그러자 책의 표지부터 딱딱한 돌이 되어 가는 것이 아닌가. 나는 책을 돌로 굳히고 관통하는 노란 광선을 일 그러진 룬으로 막으며 얼른 자리를 벗어났다.

『으앙! 책. 내 꺼.』

"……어휴."

가라앉다가 얼른 손을 뻗었다. 딱딱하게 돌이 된 그거나마 챙겨서 안겨 주자 유나는 배시시 웃었다.

"자꾸 장난치다가 다치면 어쩌려고 그럽니까."

『헤헷. 사랑해, 상현!』

"조심해요."

『응!』

어리광부리는 그녀와 함께 다른 공간으로 가라앉았다.

1층의 −3단계.

발바닥으로 바닥이 닿았다. 직감적으로 유나와 내가 서로 보았다.

『유동 좌표가 끝났어. 그리고 그거 빛나.』

포효하는 용의 수갑이 광채를 발하고 있었다.

"이곳에 보상이 있는 거군요."

『치! 보스몹 사냥하면 그냥 줘야지. 여긴 왜 이래?』

투덜투덜 거리는 그녀에게 맞장구쳤다.

"불친절한 컨텐츠니까요."

『난 나중에 쉽게 만들래.』

"베타 서비스할 꼭 불러 주세요."

『응!』

한바탕 웃었다. 그리고 주위를 보았다.

이곳은 천공수의 뿌리에 매우 닮았다. 다른 점은 나무 뿌리나 건물 대신, 잔뜩 녹슨 금속 파이프와 배관이 막힌 땅에 쭉쭉 뻗어 있다는 사실이었다. 철사로 꽈서 만든 거대한 조형물 같았다.

마치 난파되어 가라앉은 낡은 배의 무덤을 보는 기분이 들었다.

폐쇄 직전의 공장에 깜빡이며 드문드문 전력이 들어오는 듯 을씨년스럽고 처연했다.

"황량하군요."

나는 수갑을 움직이며 빛의 밝기를 세심하게 살폈다. 반면, 유나는 두리번거리며 연신 입을 우와~ 하고 벌렸다.

『여기 작업장인가 봐. 재료가 엄청 많아.』

다시 주위를 살폈지만, 여전히 삭막할 따름이다.

"어디에 있나요?"

『머리카락 하나만.』

그러라 했더니 내 머리카락 한 올을 낑낑거리며 뽑아
갔다. 유나는 끝을 올무처럼 만들어서 거대한 배관에 쑥
넣었다.

'투과했다?'

밟고 있는 단단한 배관을 툭툭 쳐 보았다. 단단하기가
금속 저리 가라 할 정도다.

이는 내 머리카락에 무슨 능력이 있어서 형질 변환이
일어나거나 한 게 아니라, 유나가 부분만 경계를 넘은 것
이었다.

비밀의 시선으로 동일 공간에서 다른 층계를 오가듯,
유나는 머리카락을 넣는 순간과 그 마디에 다중 차원을
적용한 셈이다. 머리론 이해했지만 하라고 하면 나는 못
할 고난도의 운용법이자, 수식 계산이었다.

『오예!』

찌를 문 물고기라도 있는지 유나가 머리카락을 휙 뺐
다. 그러자 꾸물럭꾸물럭거리는 점액질의 덩어리가 철퍽
이며 낚였다. 주위가 온통 썩은 물이라 그런지 배관 속에
사는 녀석도 썩 예쁘지는 않았다.

"그게 뭐지요?"

『역변의 흙. 그거 원형.』

내가 찾은 것 중 곤바로스와 융켈의 흔적이 있었다. 이

와 연관 지으면, 이곳은 신이라는 존재가 무언가를 만들고 남은 잔재라는 뜻이 된다.

"이곳이 신의 공방이란 말이군요."

조금 전, 유나가 괜히 책을 챙긴 것이 아니었다. 나는 비밀의 시선으로 다시금 지나온 경로를 되짚었다. 그러나 지나왔던 −2단계는 격벽으로 꽉 틀어막힌 상태였다. 석화광선을 쏘았던 괴생명체만이 증식하여 실험실을 가득 채우고 있었다.

이쯤 되니 문득 궁금해졌다. −3단계 이외의 다른 곳을 들여다보면 어디로 가게 되는 걸까. 어떤 광경을 볼 수 있을까?

나는 오른쪽 눈만 가리고 왼쪽 눈으로만 위상변화를 사용했다.

몸의 절반을 막막하고 먹먹한 어둠이 삼켜 버렸다.

위와 아래, 왼쪽과 오른쪽의 구분이 없는 이곳은 검은 강유나를 만난 무저갱과도 같았다. 저 멀리 항성과 행성이 보이는 이곳은 그야말로 우주였다.

놀라운 마음에 움찔 놀라자 시점이 확 멀어지며 나선으로 회전하는 은하까지 보였다가 텔레비전의 전원이 꺼지듯 짙은 어둠이 내 의식과 동화되었다.

'아찔하구나.'

하늘을 수놓는 오로라나 집채만 한 파도와 태풍, 거대한 눈사태처럼 대자연의 압도적인 힘과 경이로움을 마주한 사람처럼 드넓은 우주에 비하면 나는 정말이지 티끌만큼 작았다.

『상현! 이거 봐~』

유나의 부름에 퍼뜩 정신을 차렸다. 오른쪽 눈의 좌표대로 위상변화를 사용하자 다른 세계에 먹혔던 몸이 적막한 천공수에 안착했다.

『역변의 흙 좀 줄래?』

"여기 있습니다."

라탄트라와 만나며 많이 챙겨 둔 역변의 흙을 인벤토리에서 꺼냈다. 그녀는 흙과 검은 액체를 잘 섞어서 열심히 반죽했다. 여기에 라탄트라의 힘을 나눠 가진 것이 아주 요긴하게 사용됐다.

유나는 사대정령을 불러서 형태를 펜과 칼, 가위, 바늘로 바꿔 줬다. 그리고 디칼립스의 발톱으로 가죽과 날개를 크게 자른 뒤 세심하게 재단하고 힘줄을 말리고 쭉 뽑아 실로써 사용했다.

바느질 기술인데, 마법을 보는 것 같았다. 뛰어난 솜씨는 그 자체로 기막힌 마술쇼와 다르지 않았다. 그리스의 신과 실력이 버금갔다는 아라크네가 현신했다면 유나처럼 했으리라.

『여기에 이걸 섞으면? 짠!』

그녀가 만든 것은 한 쌍의 두꺼운 장갑이었다.

유나는 이 장갑을 빨랫방망이로 두드리듯 막 때려서 넓히더니 아까의 반죽 덩어리를 펴서 밀대로 쭉쭉 폈다. 그리고 디칼립스의 피를 안에 확 끼얹었다.

『선물!』

"이걸 끼란 말인가요?"

장갑 위에서 아까 보았던 점액질의 물체가 높이 일어나더니 장갑 위를 막 헤엄쳐 다녔다. 흠뻑 적신 피를 흡수할수록 작아져 마침내 장갑 위쪽에 코팅한 듯 얇게 붙었다.

유나는 손에 맞지도 않게, 개구리 발바닥처럼 기괴한 이 장갑에 손을 넣으라고 재촉했다.

『응. 사이즈도 조절돼.』

나는 웃고 말았다.

"용족 덕분에 몸이 진화한 상태입니다. 여기에 그의 잔재마저 먹으면 거진 용족의 특성을 고스란히 갖게 될 테지요. 저보다는 유나의 안전을 도모하는 게 좋아요."

『그래도 첫 작품인데…….』

아쉬움 가득 담긴 중얼거림에 내가 항복했다.

"생각해 보니 있어서 나쁠 건 없겠네요."

『그렇지?』

반색한 그녀가 신이 나서 설명했다.

디칼립스의 건틀릿.

주인 인식 겸 자유자재로 내 의지에 반응하는 장갑이
었다.

팔꿈치까지 오는 건틀릿부터 클로 형태까지도 변형되
니 상황에 따라 이 무기를 시의적절하게 쓰면 될 것이
다.

"살아 있는 녀석이면, 얘기해야겠네요."

『어떤 거?』

"손바닥 쪽에 아주 위험한 게 있으니 거긴 피해 있어야
한다고 말입니다."

『얘네 생존력 엄청나. 우주에서 손꼽혀.』

유나가 엄지를 척 들었다.

『아이템 복원에도 최고야.』

고개를 갸웃하는 그녀에게 나는 어깨를 으쓱해 보였
다.

"글쎄요. 다만 양손의 이 힘은 내가 아는 그 어떤 무기
보다도 가장 강력하다는 말만 하겠습니다."

내 얼굴과 손을 번갈아서 쳐다보던 유나가 팔짱을 끼고

는 살짝 미간을 찡그렸다. 공유된 정보로 그녀의 생각이 보였는데 내 말에 진실 여부를 분석하는 게 아니라 완성 직전의 아이템을 수정할 방법을 고심하고 있었다.

그러다 '앗! 이 바보.' 하더니 자기 머리를 쥐어박았다.

『그냥 끼면 돼. 그 정도면 얘네들이 피해.』

이해했다. 생존력이 대단한 만큼 위험은 본능적으로 피할 거라는 말이었다.

"그래도 만약을 대비해 주세요. 혹시 모르니까."

『응!』

유나는 부침개 뒤집듯 장갑을 홀렁 뒤집었다. 그리고 얼른 손바닥 면에 드래고니안의 가죽을 덧대고 비늘로 보강하더니 송곳으로 내 손바닥 크기만큼 콕콕 찍었다.

마치 떼기 좋도록 미리 펀칭을 뚫은 것 같았다. 여기서 충돌하면 이 부분만 떨어지라는 의도였다.

고개를 끄덕이는 그녀의 모습에 내가 손을 끼웠다. 꾸물꾸물 거리던 장갑이 살아 움직이며 내 손을 쿡쿡 찍었다.

하늘하늘하지만 강철 같던 호캄의 체모 사이로, 갑옷보다 단단한 비늘을 뚫고 뭔가가 스며들었다.

체온과는 다른 이질적인 액체가 손으로 흡수되는 기분

은 썩 유쾌하진 않았다. 그 순간, 스며드는 액체의 이질 감이 사라졌다. 내 체온과 피부, 신체 모든 것에 동화된 것이다.

'내가 불쾌함을 느끼니까 즉시 반응하는구나.'

영리한 액체는 내 일그러진 륜에 발을 살짝 들이밀자 또 그 면모를 유감없이 보여 주었다. 살짝 접촉한 일부분 이 잠자는 륜을 톡 건드렸다. 그리고 톱니에 잘게잘게 찢 어지자 순식간에 피해서는 륜의 범위 안에는 얼씬하지도 않았다.

바이러스 같은 모습이었다. 권한 이가 유나만 아니었다 면 바로 빼 버렸을 것이다.

"백신은 필요 없으려나요?"

『악성 코드 아니야.』

유나가 빙긋이 웃었다.

『상현은 우주잖아. 공간을 지금 장소로 만드는 중이 야.』

'갑자기 저게 무슨 대답이지?'

나는 잠시 눈을 껌뻑였다.

검색하니 머릿속 도서관에서 하나의 책이 불쑥 나왔 다.

유나의 말은 이 푸 투안의 개념에서 거론하는 공간과

장소를 말함이었다. 일탈이 익숙해지면 일상이 되듯이 공간의 인식이 장소로 바뀌는 것은 특정 사물이 고정화되면서부터다.

내 손이라는 공간에 장갑이 딱 안주하며 정착하려 한다는 뜻이었다. 의미가 부여되었다는 이 이야기를 정말 쉽게 말하면.

"그냥 기생 생명체라고 하면 되는 거군요."

한숨 나왔다. 동조화 작업 중인 이 녀석은 이제 자기를 보호하기 위해 숙주를 지키는 방패가 된다는 소리였다. 이걸 저리 대답하니 머뭇거릴 수밖에.

『응. 쟨 이제 상현이랑 일심동체야. 그리고 같이 적응해.』

적응? 아하.

"성장형 레벨업 아이템이다?"

『정답!』

"그냥 쉽게 표현하면 안 될는지요?"

유나가 눈을 동그랗게 떴다.

『이거보다 더?』

"기준점을 보통 사람으로 잡으시면 됩니다."

『상현은 보통 남자 아닌데?』

답하려다가 입을 꾹 다물었다. 하긴, 내가 소시민에 평범한 남자라면 지금 이 자리에 어떻게 있으랴.

'조금은 과소평가해도 괜찮아요.'

유나 정도의 지혜는 아직 아니었지만 말이다.

대화를 주고받으니 어느덧 장갑이 딱 내 손 크기에 맞게 바뀌어 있었다.

모공 하나하나까지 촘촘하게 뚫려서 자체로 숨 쉬는 장갑이었다. 디칼립스의 부산물이 잔뜩 들어가 있었고 그토록 큰 녀석이 피부처럼 달라붙어서 축소되었는데도 아무런 이질감도 없었다.

이후에는 내 것이 아닌 유나의 장비를 만드는 작업이 이어졌다.

나는 시선을 슬쩍 돌리고 1층 바닥 구경을 했다. 풀 세트로 만든다더니만 앙증맞은 속옷에서부터 몸에 착 붙는 레깅스 등을 입는 순서대로 만들고 있어서였다.

속옷류는 적당히 이미지화해도 되는데 저러는 거 보면, 장난기가 또 발동한 게 분명했다. 아무리 그래 봐야 어린 루타타라서 딸 같고 마냥 귀여운 인형처럼 보일 뿐인데 말이다.

픽 웃고는 굵직한 배관 위를 돌아다녔다. 그러던 중 양손바닥이 욱신욱신거리더니 일그러진 륜이 떨렸다. 마치 저곳으로 가라는 듯했다.

통증을 따라간 곳은 후미지고 텅 빈 공간이었다.

'뭐지?'

멈추어 서서 몇 분을 있었을까. 수갑의 용 문양이 뒤늦게 밝은 빛을 토했다.

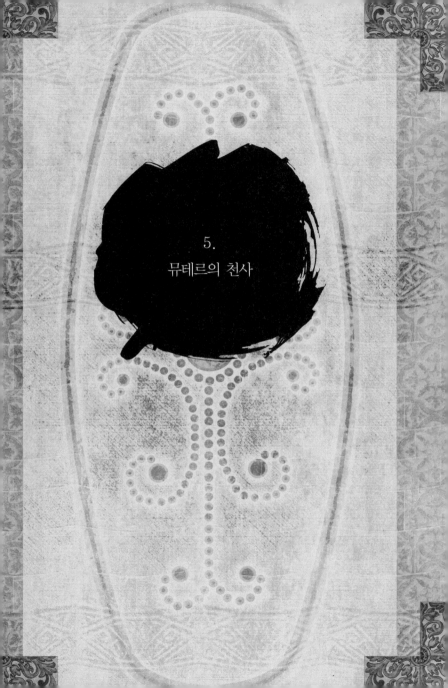

5.
뮤테르의 천사

탐사봉으로 수맥을 찾듯이 양손을 내밀고 집중했다.

『상현, 뭐해?』

"1층의 보상을 찾은 것 같습니다."

유나는 펼쳐 놓았던 아이템들을 바리바리 챙겨서 얼른 내게 주었다. 인벤토리에 넣으니 그녀가 내 머리칼 속에 숨었다. 혹시나 싸움이 벌어져도 안전하게 자리 잡은 것이다.

나는 두 눈을 감고 찌릿하고 짜릿한 차이를 찾아 걸었다. 생각보다 찾는 데 시간이 걸렸다. 반응 위치가 수시로 바뀐 이유였다.

때론 내디딘 걸음을 뒤로했다가 다시 돌아가기도 하였

다. 륜이 반응하는 무언가는 살아 움직이는 물고기처럼 요리조리 잘도 도망치고 있었다.

'사정거리에 들어오면 바로 낚아채야겠어.'

시간조차 잊었다. 감각을 따라 이동하기를 얼마일까.

손끝에 걸리는 이물감이 있었다. 비집고 손끝을 박으니 질긴 천처럼 하늘거리는 결이 느껴졌다. 눈을 뜨고 보면 빈 허공인데 내 손은 전진을 못하는 상태. 그래도 붙들었으니 한시름 놓았다. 이제는 힘을 쓸 차례다.

"루타타, 준비해 두세요."

곤바로스의 잔재가 너머에 있다. 호락호락 줬으면 싶겠지만, 2층에서의 방범 장치를 생각하면 긴장하는 편이 현명할 터.

『걱정 마. 나 용한테 한 방 먹인 여자야.』

웃음이 절로 나왔다. 맞다. 그녀는 훌륭한 파트너다.

"물론이죠. 믿습니다."

나는 양손의 일그러진 륜을 눈앞의 벽에 붙였다. 광검 그 이상의 파괴력을 지닌 형이상학적 괴물 이빨이 벽을 콱 물고는 게걸스럽게 갉아먹기 시작했다.

눈앞의 공간이 쩍쩍 쪼개졌다. 금 간 유리창처럼 갈라지더니 균열이 확산하여 전면의 벽이 와르르 무너진 것이다.

뒤이어 모습을 드러낸 것은 거대한 눈[目]이었다. 굵은 혈관이 파이프 관처럼 공간 너머로 이어지는 30미터짜리 초대형 눈.

반쯤 감긴 채 딱딱하게 굳은 모습이었다. 내 손을 얽매던 두 개의 사슬 중 용 문양의 것이 한 줌 연기가 되어 사라졌다. 제 역할을 다한 것이다. 반대로 일그러진 룬은 더욱 거세게 꿈틀거렸다.

저 거대한 눈과 반응하는 것을 보면, 저것이 곤바로스의 잔재 중 하나일 것이다. 대체 저게 뭘까?

"위험요소는 없어 보입니다. 들어가 보지요."

동물인지 식물인지 건물인지. 하여간 요지경이었다. 겪어 봐야 알 성 싶었다.

걸음을 내디뎌 경계를 넘었다.

회색빛 세상과 땅이었다. 배경이 조금씩 옅어지며 벽면에 장식물이 생겨났다. 모래시계부터 회중시계, 탁상용 시계 등 세상에 존재하는 모든 시계가 있었으나 째깍째깍 소리는 들리지 않았다. 모양이 다른 양팔 저울들도 위에는 뽀얀 먼지만 쌓인 모습이었다.

『상현, 저쪽 봐봐.』

유나가 아래를 가리켰다.

종착지인 눈동자로 가는 길 도중에는 한바탕 전쟁이 펼

쳐졌는지 수많은 시체와 꺾이고 부러진 무기가 즐비했다. 그 사이에 아름다운 시신이 있었다.

거대 눈동자 앞의 시체 두 구는 긴 지팡이에 관통당해 사망한 남녀였다.

『와~ 예쁘게 죽었어.』

"정교한 조각상 같습니다."

우리는 다가가서 보았다.

의자에 앉은 채 고개 숙인 노파. 그녀의 무릎에서 잠들듯 편안히 눈을 감은 아름다운 남성이 있었다. 이들을 관통한 길쭉한 나무 지팡이로부터 뻗은 줄기와 뿌리가 마치 연리지를 보는 기분을 들게 했다.

나무와 사람, 뱀 장식의 지팡이까지 모두가 하나로 연결되어 거장이 심혈을 기울여 조각한 작품을 보는 듯했다.

'뱀 지팡이라.'

일찍이 계약의 륜을 보고 멜도란에서 메그론이 이야기했었다.

"페이엔탈에 대해서는 여러 기록이 있는데 그중 하나가 이걸세. 세계수의 가지를 말하는 다른 이름으로서 넓고 넓은 지식의 호수. 무한하게 담기는 지혜의 연못. 그 물을 머

금은 나무. 깊이 새겨지는 역사의 잔흔. 이로써 표현되는
의지의 생령과 그 열매. 달콤함과 작은 뱀. 떨어지는 가
지…… 어때, 떠오르는 바가 있는가?"

　만약 그의 말과 지금 내가 보는 이 물건이 맞아떨어진
다면, 나는 지금 대단한 보물을 마주하고 있는 것이었
다.

　"new century의 신화시대 아티팩트군요."

　『맞는 거 같아. 아~ 먹고 싶어!』

　생선을 본 고양이처럼 유나가 입가의 침을 삼켰다. 하
얀 치아 사이로 살짝 보이는 붉은 혀로 맑은 침이 방울져
서 떨어졌다. 나는 이해할 수 있었다. 영혼을 식량으로
삼는 나만큼 그녀는 지식에 목말라 있으니까.

　일찍이 메그론이 언급했던 말에서 눈앞의 지팡이는
'작은 뱀'과 '세계수의 가지'에 속했다. 신화의 원형이
일부 섞인 이 아티팩트는 유나에게 세상 다시없을 진미
(珍味)다.

　"마음껏 음미하세요."

　『고마워! 사랑해, 상현! 헤헷!』

　날아와 내 코에 입맞춤 한 그녀는 얼른 조각상을 향했
다. 그리곤 손등으로 똑똑 두드리고 위로 올라가서는 지

팡이를 잡았다. 이를 날갯짓하며 당기니 유나의 몸이 반동으로 훌훌 날아갈 만큼 쉽게 쑥 뽑혔다.

놀라운 일은 그렇게 긴 지팡이가 작은 유나의 몸에 흡수되듯 빨려 들어갔다는 사실이었다.

외형만 지팡이이지 저 보물은 지식과 정보의 집합체였던 것이다.

『우와아!』

뒤이어 나의 뇌리로 유나의 희열이 가득 전해졌다.

봇물 터지듯 새로운 지식이 그녀에게 흡수되는 현상이었다. 어린 루타타의 몸을 통해 바깥 현실의 강유나가 진화하기 시작했다.

그렇게 모든 일이 순조롭게 진행되던 그때였다.

회색빛으로 죽었던 시신이 갑작스레 눈을 떴다.

"악신의 사도여. 드디어 죽었느냐."

작은 심장 고동이 느껴졌다. 내려다보자 노파의 무릎에 있던 남성이 나무껍질 대신 하얀 피부를 되찾고 사파이어처럼 빛나는 눈으로 나를 보고 있었다. 그는 손을 들어서 노파의 뺨을 어루만졌다.

"그래. 비로소 죽었구나. 이제 돌아갈 수 있게 됐어."

매력적인 목소리로 말한 그는 붉은 입술로 부드러운 미소를 짓더니 작게 십자문양을 그렸다. 두 손을 모으고 감사의 기도를 올리자 등에서 백색 찬연한 빛의 날개가 돋아났다.

"아버지, 이제 당신의 어린양이 제물을 드리옵니다. 이제 주(主)의 빛이 성역을 이룰 것이오니 받으소서."

날개로부터 시작된 흰빛은 남성의 온몸을 광휘로 물들였다. 바닥을 딛지 않은 채 유령처럼 스르르 일어난 그가 오른손을 내려쳤다.

하얀 광채의 칼날이 노파의 조각을 쪼개 버렸다. 뒤이어, 빛의 날개를 활짝 펼치자 수십 줄기의 빛살이 사방을 요격하는 것이었다.

지나온 길에 있던 조각상들부터 그 흔적 모두를 깡그리 지울 기세. 그 안의 범위에 나 역시 포함되었지만 나는 공격보다 회피를 택했다. 재빨리 질풍을 밟고는 지식 확장으로 환희에 빠진 유나를 잡아챘다.

"잠시 실례."

지식에 흠뻑 취한 그녀는 내가 잡아끌어도, 천사가 나타났어도 꿈꾸는 듯 가만있었다.

유나를 재빨리 머리칼에 넣은 뒤 코앞에 당도한 빛을 후려쳤다. 주먹이 화끈거릴 정도의 고열은 내 손등을 기어오르며 활활 타올랐다. 밝고 성스러운 기운에 혹시나 싶어 오른손을 가져가자 아니나 다를까.

일그러진 륜이 쩝쩝거리며 신명 나게 먹어 치우기 시작했다. 빛살을 씹어 삼킬수록 나의 정신도 명료해졌다. 이 빛살은 몬스터 플레이를 하며 new century에 접속했을 때 요격했던 뮤테르의 빛과 같은 종류였다.

'이런 호재가 있나.'

신성한 힘과 나의 상성은 그야말로 극상이다. 나는 오른손을 펼쳐 화살을 쳐 내듯 장법으로 근방의 모든 빛을 낚아챘다. 륜에게 배불리 먹일수록 정신이 맑아졌다.

"모든 것은 빛의 섭리대로."

홀린 듯 암벽의 눈동자를 향해 나아가는 천사에게 나는 없는 존재였나 보다. 여전히 무차별 폭격을 하는 채 그는 벽의 눈으로 날아갔다.

'왜 뮤테르의 천사가 곤바로스의 공간에 있는 거지? 갑자기 공격해 오는 거고?'

빛살을 흡수한 머리가 팽팽 돌았다. 고정되었던 지혜가 한계까지 치솟으며 상황을 단번에 분석했다. 저 천사와 나의 목적은 같았다. 주인 없는 빈집을 약탈하는 것이다.

'천사는 아군인가, 적군인가?'

적이다.

'이 상황을 알려면 저놈을 생포해야 하나?'

필요 없다.

'이유는?'

세계수의 지팡이는 유나가 취했다. 곤바로스의 잔재는 내가 취할 물건이니 외려 저놈을 처리해야 한다.

'내가 할 일과 순서는?'

의식을 분리해 강유나의 진화를 도우며 천사를 처단한다. 순서는 동시에 해결! 평상시에 나라면 턱도 없지만, 뮤테르의 빛으로 지혜가 각성된 지금이라면 다중 정보처리가 가능했다.

"멈춰라."

당장 자세를 잡고 땅을 크게 밟았다. 오롯이 주먹을 내뻗어 일점집중의 법력을 천사의 등판에 꽂았다. 여기에 유수행의 보법을 밟으며 유나의 정신에 접속했다.

가히 원시인류부터 근대에 이르는 문명과 역사가 범람했다. 뱀 지팡이가 다름 아닌 진정한 페이엔탈, 바로 신화시대의 유물인 탓이었다. 폭포수처럼 쏟아지는 물들을 힘겹게 막아 내는 그녀의 어깨를 짚었다.

『어? 상현. 여긴 왜 왔어?』

"돕지요. 둘이 하면 더 빨리 끝납니다."

나는 멜도란의 대도서관을 상상하고는 시대와 종류에 맞게 지식을 착착 정리했다.

그런 내 시야로 등에 일격을 당한 뮤테르의 천사가 무섭게 노려보는 것이 포착됐다. 날개와 등에 동그란 구멍이 뻥 뚫린 채 그가 내게 말했다.

　"짐승이여, 나를 방해하지 마라. 너에게도 주(主)께서 은총을 주시리니."

　"난 무교(無敎)다. 그렇게 좋은 은총은 너나 다 가져라."

　근접하여 대수인으로 파리 잡듯 잡으려 하자 천사가 사전 동작 없이 위로 급부상했다.

　탄성이 나오리만큼 아름다운 그의 눈썹이 살짝 찡그려져 있었다.

　"미물의 욕심이 과하구나."

　감히 나를 벌하는 듯한 그의 모습에 웃음이 절로 나왔다. 현재의 나는 극도의 지혜로 유나가 수습한 곤바로스의 지식을 두루 관통하고 있었다. 그렇기에 이곳이 어디이며 천사가 어떤 존재인지 잘 알았다.

　이곳은 상위의 신, 곤바로스의 권능 중 하나와 이를 지키는 사도가 거하는 성지였다.

　융켈의 노블레스 급 암시장이 그렇듯 신들에게는 자신의 신전과 성지(聖地)가 있다. 신이 직접 소통하고 강림하는 성역은 new century에서 시공의 균열이 생긴 특수한 지역에만 선포할 수 있는데, 곤바로스는 지혜와 권능을 집대성하여 천공수 한쪽에 자리를 잡았다.

'역시 영리한 신이다. 천공수에 염원을 비는 것이 아니라 천공수 자체를 욕심냈어.'

그에 따라 지금의 지하공간이 탄생했다. 신이라는 존재가 기생하여 지내는 이런 선택을 할 수 있을 만큼 천공수와 전능자는 위대한 존재였다. 이곳을 관리하는 모힘트라가 곤바로스를 처리하지 않은 까닭도 나무에 붙은 딱정벌레를 애써 없애지 않는 이유와 일맥상통했다.

이 장소에 뮤테르의 천사가 온 까닭은 사라진 곤바로스가 남긴 힘을 취하기 위함이었다. 회색 공간에 즐비한 격전의 흔적은 그렇게 생겼다. 계약의 힘인 페이엔탈을 쓰는 곤바로스의 사도는 언령의 흐탈리다.

성역 수호자인 그녀는 뮤테르의 천사들을 궤멸시키고 최후를 맞이했다.

'줍는 놈이 임자다.'

눈앞의 저 천사는 자신의 사명을 다하고자 움직이는 로봇이었다.

이것이 이곳에서 일어난 정황의 모든 것이다.

"미물? 내가 미물이라고?"

천사는 성별도 없고 감성도 없다. 기계라 해도 과언이

아닐 터. 그런데 오만하고 교만한 듯해 보인다? 이건 연기였다. 적을 방심시키려는 수작이었다.

하면, 이를 역으로 이용하면 된다. 놈이 속이는 척 하듯이 나도 속은 척 흥분을 가장했다.

"성역은 뭍의 짐승이 탐할 것이 아니다."

"깃발을 너만 꽂으란 법이 있냐?"

"섭리의 균형추를 한낱 미물이 어찌 감당하랴."

"먹어 보고 아니면 뱉을게. 근데 이건 냄새가 좋거든? 맛있을 거야."

"고얀!"

"흐흐. 곤바로스가 소멸한 지금, 루두무라스는 무주공산이지."

뮤테르의 천사와 내가 탐하고 있는 곤바로스의 잔재는 다름 아닌 신위(神威)의 보석이었다. 신조차 탐내는 보물로 하나의 세계에 딱 한 개씩만 존재하는 돌이다.

천공수처럼 층계마다 각기 다른 세계와 연결점을 갖는 곳에서는 구분된 세계를 통해 각각 신위의 보석을 획득할 수 있었다.

코어라고도 불리는 신위의 보석은 그야말로 소원을 이뤄 주는 램프다. 성역을 선포할 때 주춧돌로 쓰이고 자신의 권능을 강화할 수도 있었다. 또한, 신격을 선사하기도

했다.

눈앞에 있는 저 거대한 눈. 곤바로스의 통찰력이 담긴 저 눈을 부수면 무상의 보물인 신위의 보석을 취할 수 있다. 각 층마다 있는 다섯의 시험을 이겨 내고 저 보석을 얻으면, 나는 내 소원을 이루게 된다.

'1층의 보석으로 신격을 얻는다. 그래야 new century 라는 세계에 나의 뜻을 전할 수 있으니까.'

고도의 지혜가 내게 앞으로의 일과 계획을 예언했다.

2층의 보석으론 내 바람인 신진권 분체들의 소멸을 세계에 요구한다. 보석을 내놓으며 제시하면 new century 가 이를 수용할 터. 신진권의 분체들은 대폭 사라질 것이다. 여기까지가 내 첫 번째 염원이 이루어지는 경계다.

3층과 4층, 5층으로 이어지는 보석은 나라는 신격을 높이는 데 사용된다.

나의 신전이 공고해지고 신위가 높아지면 융켈과 곤바로스의 유물을 내 권속으로 거느릴 수 있게 된다. 즉, 내가 상급의 신이 되며 사라진 신의 힘을 하위로 거두는 것이다.

1층에서 디칼립스라는 강적이 나온 이유가 있었다. 내 욕망을 이루는 가장 확실한 방법은 제대로 된 신이 되는 거였다.

그때까지는 싸우고 또 승리해야 하리라.

나는 뮤테르의 천사를 보며 씩 웃었다.

"그건 내 거다! 봐라, 크고 아름다운 게 딱 내 스타일 이란 말이야. 하하!"

두 팔 벌려 오만하게 고개를 쳐들자 천사가 나를 가리 켰다.

"아둔한 짐승이여, 천벌(天伐)을 받아라."

손가락을 위로 들었다가 겨누는 그. 대번에 텅 빈 허공 에서 벼락이 치더니 내 정수리를 찍어 왔다.

"싫다."

질충으로 확 치솟았다가 꺾인 나는 여명의 눈 바로 앞 에 있던 놈을 망치로 찍듯 후려갈겼다. 몸을 확 낮춘 천 사가 이번에는 손으로 번개의 구체를 쏘았다. 고개를 꺾 어 피하니 놈의 눈이 휘둥그레 커졌다.

"빛보다 빠르다니?"

"네 손가락 보고 피했다, 이 날파리야."

"과연, 직접 전투론 내가 부족하군. 그렇다면."

힘을 가득 실어 냅다 때렸다. 빛살을 뭉쳐 광막으로 막 아 낸 뮤테르의 천사는 한 쌍의 날개로 고속 이동했다. 나를 상대하기보다는 1층 코어인 여명의 눈에 얼른 신의 인장을 찍을 심산이었다.

"어딜 가?"

다이빙하듯 몸을 날리는 그의 발목을 내가 움켜잡았다. 홱 당겨서는 놈의 종아리를 고기 뜯듯 콱 물고 비틀었다 단순히 뼈와 살이 아니라, 나는 육신에 머문 영혼까지 먹는 소울 이터다. 오독오독 뼈째 씹자 이를 악문 천사가 스스로 제 다리를 자르고 몸을 날렸다.

"너 다리 하나 더 있더라?"

남은 왼쪽을 붙잡고 홱 당기는 그 순간, 나는 눈을 깜박였다.

차에 타고 있었다. 운전석에 앉은 아버지와 조수석의 나. 뒤편에서 어머니가 과자를 건네주셨다.

"상현아, 아빠 안전운전하시는지 잘 감시하렴."

"에이. 당신은 남편을 너무 못 믿는 게 탈이라니까. 무사고 경력 20년의 베테랑 운전사라고."

"이이가. 지난번에 빗길 고속도로를 막 달린 거 생각 안 나요? 지금도 안전띠 안 했죠?"

"겨우 이 거린데 뭘. 그런데 뒤에서 그게 보여?"

"여보!"

멋쩍게 웃으시는 아버지의 모습이 눈에 담기는 것도 잠

시. 나는 내가 있는 곳이 두 분께서 사고가 난 그 거리임을 알았다. 전광판의 날짜는 오늘이 3월 9일임을 알려줬다. 회귀 당시 그토록 서러워했던 그날이었다.

어느덧 신호등의 불이 바뀌고 있었다. 남은 것은 나의 선택뿐.

나는 양손을 쥐었다. 그리고 두 분의 머리를 으스러뜨렸다.

"너, 별짓을 다한다?"

발목을 당기고 요사스럽게 빛나는 천사의 눈을 찔렀다.

나가떨어진 천사가 자신의 두 눈에서 피를 쏟아 냈다. 그는 고통의 비명도 지르지 않았다. 천사는 감각이 없는 인공 생명체다. 필요하면 하지만 불필요하면 그런 연극 따위 하지 않는다.

"어떻게 빠져나왔지? 아무리 호감이라 할지라도 감정은 있을 텐데."

철철 피 흘리며 무미건조하게 묻는 물음에 나 역시 무표정하게 대답했다.

"속은 척했거든."

"내 정체를 아는구나."

천사의 현혹 능력이 다시금 내 정신을 물들였다. 순식간에 이블린의 모습과 현실의 저택이 주위에 생겼다. 함께 차를 마시는 행복한 시간에 한나가 내게 '오빠!' 하며 다가왔다. 나는 내게 안기려는 소녀의 목을 부러뜨렸다.

그 순간 저택이 사라지고 칙칙한 회색 공간과 뮤테르의 천사가 모습을 드러냈다.

"혼란의 셉티먼트."

천사의 날개를 등에서 뜯어냈다.

"전투력 최하급에 특수기술 상급의 천사지."

셉티먼트는 환상에 빠뜨려 상대의 정신을 가두는 혼란 능력의 천사다. 단, 그 수준이 세뇌나 최면 정도가 아니다.

찰나에 딱 한 번만 실수해도 그 기억에 영원히 갇혀 버린다. 만약 내가 부모님께 이야기라도 하든가, 사고가 나는 것을 방지하려는 행동을 하나라도 하면 그 균열이 나를 좀먹는 것이다.

그럴싸하게 만든 세트장에서 푹 빠지게 하는 것이 아니라, 강물에 빠진 아이를 구하는 것. 다친 이를 보며 눈물을 흘리고 무서운 것을 보았을 때 공포를 느낀다면, 그것으로 끝이었다. 대신 외부의 도움이 있다면 바로 깨어날 수 있지만 말이다.

이 제약이 없었다면 셉티먼트의 혼란 능력은 거진 권능에 가까웠을 것이다.

"이성을 가진 호캄. 정교한 기술에 정신력까지 상존한다니. 넌 모순된 짐승이다."

"나도 잘 안다. 그런데 언령의 사도가 고작 혼란 기술에 넘어갔다는 게 믿기지 않는군. 사도는 천사들을 수없이 상대하지 않았나?"

나조차 쉬이 대처할 만큼 천사의 특수기술은 공략법이 명확했다.

진정한 륜의 힘과 마스터의 경지에 접어든 신의 사도는 막강한 존재다. 기록상으로 보건데 최소 에일락 반테스급.

한 시대를 풍미한 영웅이 바로 사도였다.

"그건…… 킥!"

추락하여 땅에 처박힌 그가 왈칵 피를 토했다. 혀까지 깨문 그는 피를 울컥울컥 내뱉으며 죽어 가는 목소리로 힘없이 말했다.

"그녀가 원했다. 곤바로스의 지혜를 얻는 대가는 영원한 복종. 우리처럼 그의 사도들도 마음대로 죽을 수조차 없으니까."

"곤바로스가 증발한 사이에 바라던 죽음을 염원했다? 주인이 사라져도 문지기는 충성을 다해야 한다는 거군. 한데, 저 정도의 수로도 그녀를 감당 못했다니. 흐탈리는 결함이 있었을 텐데 말이야."

"조각을 잃기는 했으나, 곤바로스가 자랑하는 7성륜의 사도다. 기실 그의 권속들도 모두 없어졌으리라는 판단이 아니었다면 파견되지 않았을 거다."

순순히 대답하는 셉티먼트의 목소리에서 점점 기운이 빠졌다. 내게 먹힌 영혼과 흘린 피가 너무 많았던 것이다.

"흐탈리는 침입자를 모두 막아 내는 임무를 마치고 나를 불렀지. 그리고 그녀가 사랑하던 연인과 영원히 꿈꾸게 해 달라고 했다."

"지금 그 반반한 상판이 흐탈리의 연인이군."

"그렇다……."

자연스럽게 힘이 빠지는 셉티먼트의 목소리는 너무도 작아 귀를 붙일 정도로 기울여야 했다. 나는 진정으로 사랑했고 그렇기에 곤바로스와 계약까지 맺으며 지키고자 했던 고대의 여마법사, 흐탈리의 이야기를 듣기 위해 고개를 숙였다.

그리고 천사와 눈을 마주친 뒤 절굿공이로 찍듯 셉티먼

트의 머리를 이마로 꽝! 내려쳤다.

몸체를 중심으로 불안정하게 모이던 빛의 구체가 푸르
륵 흩어졌다. 최후의 자폭 공격을 하려다가 무산된 것이
다. 싸움의 방식부터 마지막 수단까지, 천사는 정말이지
정나미가 떨어지는 상대였다.

그쯤. 천사의 죽음과 함께 내 정신을 고양시키던 뮤테
르의 빛살이 흩어졌다.

"······끝났나."

우주의 비밀까지도 헤아릴 듯하던 극한의 지혜가 마무
리되었다. 천사의 성스러운 빛이 사라지면서 일그러진 성
륜이 잠잠해진 이유였다.

그 여파는 생각보다 컸다. 훨훨 하늘을 날다가 땅을 기
는 듯 축축 정신이 처진 건 둘째.

유나의 진화가 덜 끝났기에 한도 이상의 지식이 맴도는
머릿속 생각이 그야말로 이리 쿵! 저리 쿵! 부딪치고 있
었다. 그녀가 진화를 마칠 때까지는 두통 때문에 아무것
도 못 할 지경이다.

'조금 전에는 멋지게 도와줬었는데 말이지.'

나는 벌러덩 누웠다. 그리고 야영 스킬을 사용한 뒤 부
모님의 사진을 꺼냈다. 셉티먼트가 보여 준 생생한 기억
과 내가 다시금 죽인 부모님의 잔상이 뒤늦게 마음을 쿡

쿡 찌른 탓이었다.

"천사는 정말 재수 없는 놈들이구나."

입맛이 참으로 썼다. 그런 한편, 이렇게나마 다시 되뇐다는 것에 가슴 한편이 아렸다.

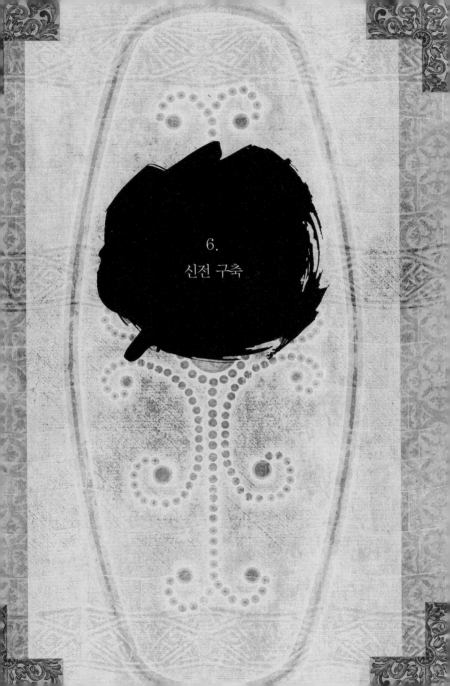

6.
신전 구축

귓가에 살랑살랑한 바람이 불었다.

『후우~』

간질거리는 느낌에 눈을 뜨니 새끼염소의 뿔처럼 작고 둥근 두 개의 뿔과 서부 총잡이 같은 모자, 착 달라붙는 가죽옷부터 신발까지 싹 갖춰 입은 유나가 자기 몸보다 큰 장총을 딱 메고 있었다.

빤히 보니 그녀가 아래위의 치아가 몽땅 보일 만큼 해쭉 웃었다.

『잘 잤어?』

나는 고개를 끄덕였다.

"오래간만에 정신없이 잤군요."

아닌 게 아니라 정말 푹 잤다. 두통이 없어져서 느끼는 상대적인 기분일는지 모르지만, 평화로운 시간임에는 분명했다. 바닥을 보이던 연료탱크가 가득 채워진 것 같다. 이래서 쉬는 것 역시 수련의 일부라 하나 보다.

항상 팽팽하게 조여져 있으면 모름지기 끊어지는 법이니까. 쉬는 것도 잘해야 한다.

『나 어때?』

유나가 패션쇼를 하듯 다가와서는 빙그르르 몸을 돌렸다. 누가 어떤 솜씨로 제작했는데 흠이 있겠나. 단연코 엄지를 치켜드는 것 외에 다른 평가는 필요 없었다.

"아주 잘 어울립니다."

『이것도 봐봐! 이거 디칼립스 목걸이를 다 써서 만들었어. 하루 한 방씩 약식 브레스 쓸 수 있음!』

보석을 통째로 깎아서 만든 듯한 놀라운 비주얼의 장총을 그녀가 자랑스레 내보였다. 손잡이부터 시작하여 총열에 별처럼 박힌 여섯 개의 마력석은 하나가 둘이 되고 둘이 넷이 되듯 파괴력이 증폭된다고 했다.

최대 출력의 위력이 그 정도이니 앞으로의 활약이 기대될 따름이다.

가만있자…… 그런데 시간이 얼마나 지났으려나.

"잠든 지 얼마나 되었나요?"

유나가 손가락 세 개를 보였다. 세 시간은 아닐 거다. 한 30시간쯤 자야 이만큼 상쾌한 기분이겠지.

『3일!』

이건 조금 뜻밖이다.

확실히 극도로 치솟았던 지혜의 여파는 정신에 상당한 타격을 주는구나.

"어쩐지 개운하다 했습니다."

『헤헷. 그래도 상현은 코 안 골았어.』

"혹시 자는 동안에 이상한 거 하지는 않았지요?"

『어? 어…… 어. 어!』

"……."

누가 봐도 뭔 일 있었던 거 같았다. 앙큼하고 내게도 나쁘지 않은 일이.

나는 셉티먼트의 활약으로 편편해진 회색 공간을 보았다. 그리고 처음과 똑같은 위용의 거대한 눈을 올려다보았다. 충계 하나가 수많은 차원과 연결된 천공수를 지배하는 중추가 이것이었다.

코어를 지배하는 자가 진정한 일계(一界)의 주인이다.

"이제 신위를 취하겠습니다."

저것에 내 이름자를 떡하니 새기면 나는 한 세계의 풋대를 거머쥔 최하급의 신이 된다.

신위의 보석은 계승(繼承)과 염원(念願) 중 하나로 사용할 수 있었다.

계승은 곤바로스의 권능인 여명의 눈에 사용자만 바꾸는 것으로써 그의 권능 하나를 고스란히 내 것으로 삼는 방법이다. 미개척 분야의 완성된 힘을 송두리째 삼키는 셈이지만 내게는 아무런 필요도 없었다.

『어떤 걸 중심에 둘 거야?』

빛의 신이라 하여 빛의 권능만 있지는 않다. 지혜의 신 곤바로스라고 머리만 쓰는 존재가 아니다. 그럼에도 그리 불리는 까닭은 그들의 정체성이 그것이기 때문이었다. 신위를 세우려는 나 역시도 주춧돌로 삼을 표징을 정해야 했다.

"루타타도 알다시피 지금 제가 사용하는 힘 중에서 오롯이 내 것이랄 건 없습니다."

『에이, 다 상현 거잖아.』

"하하. 물론 그렇지요. 하지만 저를 상징하기에는 하자가 있어요."

자격지심은 없었다. 에일락 반테스의 검의와 일그러진 륜들. 기막힌 행운의 힘이 오늘날에 나를 만들었지만, 나역시 온 힘을 다해 온 까닭이다. 물려받은 저들의 격을 지나치게 과장하지도, 나의 노력을 폄하하지도 않는다.

내게는 무공과 환혼력을 쓸 자격이 있다. 그러나 과연 그중 하나의 극의가 나를 대변한다고 할 수 있을까? 코어에 환혼력을 새긴다면 나는 에일락 반테스의 분신이나 마찬가지가 된다. 라탄트라의 불멸, 펠마돈 괴수의 파멸, 이용택 관장의 무공 등 모두가 마찬가지였다.

저들의 극의는 치열하게 살아오고 혼신을 다한 결과물이자 정립한 가치관의 증명이었다. 그렇기에 펠마돈이다. 반면, 이상현이라는 인물은 각각의 도구를 잘 다룰 수 있게 되었을 뿐이다.

그런즉, 나는 나를 이룩해야 했다.

훌쩍 뛰어서 양손을 맞댔다. 신들이 탐내는 성역의 좌표점을 내가 대신 찍었다. 일그러진 륜들이 곤바로스가 남긴 권능들을 포식하는 가운데 유나가 뒤에서 물었다.

『어떤 걸 표지로 삼을 거야?』

나는 짧게 답했다.

"신뢰(信賴)."

정심을 다하여 알이 깨어지듯 균열이 가고 있는 1층의 코어에 의지를 깊이 새겼다.

신위를 이룩하는 일. 하나의 세계를 내 것으로 만든다는 건 미묘한 감정에 휩싸이게 했다. 마치 아무도 밟지 않은 새하얀 새벽의 눈밭. 티 하나 없는 깨끗한 종이에 펜촉을 대는 기분이랄까.

그때 여명의 눈 내부에서 영롱한 빛이 아롱지더니 깊숙한 곳에서 펜던트 형태의 결정체가 모습을 드러냈다. 곤바로스의 잔재이기에 new century의 시스템과 같은 방식의 권리 이양이 이루어지는 듯했다.

[사용자를 재인식합니다.]

비에 흠뻑 젖은 동물이 몸을 흔들어 빗물을 확 털어 내는 것처럼 코어는 여명의 눈이라는 이물질들을 와르르 털어 버렸다. 물거품처럼 사르르 허물어지더니 극히 일부가 찬연한 모습을 보였다.

[사용자의 진명(眞名)을 말하십시오.]

메시지가 나의 뇌리에 새겨졌다.

"이상현."

펜던트는 거울에 비친 나의 눈으로 회귀 전과 후의 삶을 재조명했다. 뚜렷한 과거를 통해 오늘의 정체성을 정형화하는 것이다. 파노라마처럼 펼쳐지는 기억들은 친구와 인연에 집착하는 소시민적인 옹졸함을 여실하게 보여 주었다.

진실로 믿으면 애써 강조할 이유가 없었다. 그럼에도 나는 배신을 경멸했고 거짓을 혐오하며 믿음과 신뢰에 더 높은 가치를 부여하고 있었다. 다시는 버림받고 싶지 않다는 여린 감정의 소산임을 받아들이는 시간이었다.

두 번째 메시지가 떠올랐다.

[사용자의 원칙은 무엇입니까.]

"신뢰."

[범위를 설정합니다. 신뢰받는 자의 처우를 정하십시오.]

내 가족에게 주지 못할 건 아무것도 없었다. 내게 있어 동료와 친구는 목숨과도 같다.

"나의 모든 것을 공유한다."

[배반자에 대한 처우를 정해 주십시오.]

한치의 고민도 없이 바로 답했다.

"철저한 응징."

내 목소리가 펜던트의 투명한 너머로 새겨졌다. 각각의 대답이 새끼줄처럼 꼬이며 하나의 형태를 이루었다.

[인식되었습니다. 사용자 '질투의 신, 이상현. 제1원칙, 편협한 신뢰.]

펜던트로 단두대가 비쳤다.

[사용자의 권능은 '맹약의 단죄' 입니다.]

일그러진 룬처럼 날카로운 가시를 보이는 사슬들로 이루어진 단두대. 검고 칙칙한 그것이 펜던트에서 나와 내 심장에 새겨졌다. 나의 삶을 그대로 반영한 나의 펠마돈, 강요하는 신뢰의 인장이었다.

'질시의 결정체로군.'

표지는 배반자에 대한 응징이었다. 함께하고자 하는 희망적 메시지보다 홀로 되기 싫다는 저항감이 더욱 컸다.

그렇기에 나의 펠마돈은, 신뢰를 강요할 수단으로 처벌의 단두대로 형상을 이루었다. 맹약의 단죄는 나와의 계약을 어긴 이들에게 가하는 가혹한 철퇴다. 소울 이터의 능력답게 대상자는 영혼을 먹히고 순수성을 잃어 미래 역시 박탈당한다.

대신 신뢰를 주고받는 이라면 나의 모든 것을 공유할 수 있다. 무공, 스킬, 극의, 경험, 지식까지. 전부였다. 모두 주고 모두 받는다. 단 하나의 예외도 용납지 않는 것이 나의 본질이다.

[신위를 축조합니다.]

신이라면 누구나 갖게 되는 신전이 세워질 차례였다. 신과 소통할 수 있는 성지이며 신앙의 모태가 되는 이곳은 침탈당하면 신격이 추락하게 된다.

회색 세계가 쩍쩍 갈라졌다. 산산이 부서지며 그 무엇

도 없는 공간이 도래했다.

나는 라탄트라의 펜타그램 신전을 연상했다. 현실에서 본 유적지들이 다수 있기는 했지만, 방송이나 책으로 접한 것이 전부였다. 내가 직접 발을 딛고 세세히 돌아보며 직접 들어간 유일한 신전은 오직 불멸을 얻은 즈운뿐이었다.

그렇기에 내가 구상한 신전 역시도 피라미드 형태였다. 대신, 즈운의 각 꼭짓점에 있던 우물 대신 높은 기둥을 세웠다. 라탄트라는 각 속성의 정령력을 우물에 담았었지만 나는 저 기둥 하나하나에 나의 지식을 새겼다.

스킬, 극의, 무공, 속성력, 륜의 힘까지 일그러진 륜을 제외한 전부였다. 내 가족과 친구는 저 기둥을 통해 나의 힘을 익힐 수 있을 것이다.

[성역 선포.]

즈운에 있던 우물의 위치에 내 신전에는 기둥을 세우겠다.

'내 편에게는 한없이 준다. 그러나 아니라면 예외는 없다.'

신위의 보석은 나의 욕망을 고스란히 빨아들였다. 이윽고 빛을 산란하며 라탄트라가 축조한 즈운의 설계를 시작했다. 빛줄기가 갖가지 도형을 이루고 유성처럼 질주하며 하얀 모래와 물줄기, 나아가 얼어붙는 물과 식물 등 모든 것을 창조했다.

곤바로스의 유물을 비롯하여 언령의 사도, 흐탈리의 기억과 에일락 반테스의 경험 등, 방대한 정보들 탓에 나의 즈운은 빽빽하게 들어찬 기둥과 풍성하게 자란 식물들로 가득했다. 수챗구멍에 물이 막힘없이 빠져나가고 있는데 원체 정보량이 많아 도무지 끝이 나지 않을 지경이다.

정적의 공간으로 하염없이 시간이 흘렀다. 며칠이나 지났을까. 다른 누구의 것이 아닌 나, 이상현의 정보가 마지막으로 신전의 대미를 장식했다. 환혼력으로 구성된 얼음 사막과 신전에 새겨지는 심벌은 쇠사슬과 단두대였다.

기적을 현현한 신위의 보석은 피라미드 최중심의 하늘빛 옥좌에 스며들며 완전히 그 자취를 감추었다. 이제 내가 누군가에게 완전히 패했을 때. 신전이 무너져 새로운 초월자를 맞닥뜨릴 때 그 모습을 드러낼 것이다.

『우와! 와아!』

유나가 날아와 내게 물었다.

『여기 진짜 대단한데 너무너무 위험해! 문은 왜 안 만든 거야?』

그녀는 단번에 신전 내부의 기둥과 건물 등의 모든 소산물이 어디에서 비롯되었는지 알아차렸다. 실제로 신전에 머무는 것만으로도 유나는 승격을 이루고 있었다. 루타타의 작은 몸뚱이만이 아니라, 현실의 몸까지.

신전에 산적한 나의 정보들을 흡수하며 승격하고 있는 탓이다.

"우선 인장부터 새기지요. 인장 없이 가져가면 제가 적으로 인식할 우려가 있으니까요."

『으에엑! 얼른 찍어!』

"그런데 한번 새기면 돌이킬 수 없습니다. 배반의 대가는 완전한 소멸이지요. 괜찮겠습니까?"

『히힛. 우린 일심동체라고.』

환히 웃는 그녀에게 나는 펠마돈을 투영했다. 곧, 요정인 루타타의 몸과 경계 너머 강유나의 심장으로 나의 심벌인 단두대가 새겨졌다. 굵은 쇠사슬에 묶이고 가차 없이 모가지를 뎅겅 자르는 속박이었다.

그러나 강력한 수단만큼 나는 마음을 놓았다. 유나는 내가 안도하는 모습에 미소를 지었다.

『근데 누가 오면 어떻게 할 거야?』

"어쩔 수 없었습니다. 보석은 하나이고 소원도 하나이니 신위의 구축 이외 다른 방비는 할 수가 없었거든요."

신전은 신격에 따른 부속품이었다. 융켈의 암시장처럼 신전을 지배하는 강력한 법칙을 선포하기 위해서는 또 하나의 보석이 필요했다.

『그럼 어떡해? 아까처럼 천사라도 오면?』

"물리쳐야지요. 방공호처럼 보호벽을 임시로 두르고 말입니다."

『루두무라스의 도전자가 여기를 찾으면?』

1층의 바닥으로 내려와 균열점을 찾고 세계를 넘을 정도의 초인이라면 이 신전을 강철로 둘러친다고 해도 능히 두 쪽 내고 들어올 수 있었다.

"가장 확실한 방법은 2층을 올라 보석을 취하는 겁니다. 하지만 그 보석의 쓰임새는 이미 정해져 있지요. 신진권의 분체들을 정리하는 일 말입니다."

『아메바보다 이게 더 중요해, 바보야!』

걱정 가득한 잔소리에 웃음이 절로 나왔다.

"그래도 제가 책임질 일입니다. 그리고 안전 책은 이미 생각해 뒀어요."

『어떤 거? 여기 올 정도면 엄청나게 센 애들이라고.』

"듬직한 동료가 있잖아요."

차선책은 곤바로스가 그러했듯 강력한 수문장을 두는 것이었다. 언령의 사도인 흐탈리가 천사들의 공격에서 여

명의 눈을 지켜 낸 것처럼 강력한 무위를 자랑하는 지킴
이를 세워 두어 침략자를 응징하게 한다.

『그 두 명?』

유나의 말에 나는 멈칫했다.

내가 생각한 이는 에일락 반테스였는데 그녀는 다른 이
들을 후보로 생각했다.

유나가 말하는 후보는 이용택 관장과 월향이었다. 현실
세계의 초강자. 천품의 무재라는 가공할 재능의 그들이라
면 어떤 적도 능히 감당할 것이다.

그러나 아무리 이용택 관장이라고 해도 갓 생성한 캐릭
터로는 한계가 있는 것도 또 다른 이유가 된다. 왕년에
new century를 하던 시절에야 플레이어 중에 최고레
벨을 자랑하지만, 진짜 new century의 실력자들과 견
준다면 손색이 있게 마련.

빠른 속도로 성장한다고 해도 후발주자로서의 한계는
분명하기에 현실의 이용택 관장이 오롯이 넘어오지 않는
한 수문장으로선 결격 사유가 컸다.

『둘 다 부를 거야?』

나는 고개를 저었다.

"한 명이면 충분합니다."

『관장? 아님 월향?』

인외의 무력을 자랑하는 이용택 관장이라면, 천사 아니라 뮤테르가 직접 진입해도 능히 막아 낼 법하다. 하지만 그에게는 절대로 요청할 수 없었다.

가족을 버리고 언제 침략할지 모를 적을 무찔러 달라는 부탁이 염치없는 것도 한 이유일 것이다. 하지만 진짜 이유는 그와 나의 관계가 호적수라는 데 있었다. 그러니 남쪽에서 동면하고 있는 언데드 대장군을 불러오는 게 유일한 대안이다.

물론 걱정되는 건 있었다. 언데드라고 모힘트라가 대번에 낫을 휘두르면 어쩌느냐는 것이다.

'가만, 유나가 이를 모를 리 없을 텐데?'

나는 에일락 반테스의 이름을 말하려다가 멈추었다. 내가 아는 강유나라면 그냥 흰소리할 리가 없었다. 캐릭터와 실질 무력의 차이를 모를 리도 만무한 일. 설마 현실의 그들을 고스란히 이쪽으로 데려오는 게 가능하다는 걸까?

"루타타 생각엔 누가 좋을 것 같나요?"

묻노라니 그녀가 입술을 매만지다가 대답했다.

『집은 사냥개가 잘 지킨대.』

"하하. 사냥개입니까?"

오만하고 도도함으로 무장한 여중 최강자를 한낱 짐승

으로 치부하다니. 그녀가 공격하면 강유나라고 해도 미로를 만들거나 숨는 방법 외엔 뾰족한 대안이 없을 터다.

"아직도 애완동물일까요?"

『기본 베이스가 그런걸. 아참! 오래 두면 상현, 미움받을지도 모름!』

"여행이 여전히 별로인가 보군요."

볼거리 많고 즐길 거리 많은 것이 현실 세계인데 취향에 맞지 않나 보다. 지난번에 보니 유물을 찾고 새로운 무공을 익히는 등 나름 흥밋거리를 찾았던 거 같은데, 거기서 재미를 못 느꼈으려나.

『애완견한텐 주인이 전부야. 상현은 나쁜 주인님. 히히.』

"하긴, 그녀는 그렇게 만들어졌었죠."

비서들을 희롱하며 여자에게 환장했던 허영의 신진권이 제작한 만큼 아무리 돌연변이라고 해도 그 기본 틀은 일정 부분 갖고 있었다.

여기에 후천적으로 세뇌당한 것도 있으니, 월향은 자신의 사고방식이 극복하거나 타파할 대상이 아니라 자연스럽게 여길 게 빤했다.

현실적으로 그녀에게 자유의지를 주고 싶다면 신위의 보석에 기대는 것이 오히려 나았다.

"나중에 충분한 대가를 지급할 테니 신전에 머물러 달라고 해야겠습니다."

『안 그래도 되는데?』

물론, 시킨다면 기쁘게 복종할 테지만 그건 착취에 불과했다. 가진 힘이 워낙 많으니 나는 내 원칙을 준수할 필요가 있다.

"절대 권력은 절대 부패하거든요."

『상현은 나쁜데 착해.』

"한데, 이곳에 데려올 방도는 있습니까?"

『물론 있지~ 바깥에 유동 좌표를 읽으면 되거든.』

유나가 신전 내부와 외부를 쭉 돌았다. 수식을 계산하고 고개를 갸웃하더니 바깥으로 내 손을 잡아끌었다. 그리고 어둑어둑한 곳을 폴폴 날아다니는데, 그럴 때마다 나의 시야 한쪽에서 현실의 인공위성들이 궤도를 달리하는 모습이 포착됐다.

『확인 완료!』

비밀의 시선만 사용할 수 있다면 그녀가 정리한 좌표점에서 new century의 천공수로 진입할 수 있다는 의미였다.

나는 그사이 유나가 찍어 둔 월향의 일상을 쭉 훑어보았다. 몰래 촬영이라고 할 수도 없는 것이, 유나가 기록

물로 남기지 못한 인물은 오직 이용택 관장뿐이었다.

거짓말 하나 보태지 않고 그녀의 데이터베이스에는 현실 세계의 모든 정보가 고스란히 담겨 있었다.

'세계 일주가 재미없었나?'

화면 다섯 개를 동시에 띄워 월향의 여행기를 구경했다. 한데, 나는 보면서 눈을 몇 차례나 비비게 되었다. 분명히 배경이 달랐는데 입고 있는 옷과 걷는 자세. 매시간에 하는 일들이 복사 붙이기를 한 것처럼 똑같았던 것이다. 그녀는 내 명령을 이행하기 위해 그저 여행하는 흉내를 내고 있었다.

"이렇게까지 답답할 줄이야."

보노라니 차라리 데려와 이곳에 두는 편이 낫겠노라는 결단을 내리게 되었다.

그녀의 일상은 딱 두 가지였다. 여행과 수련.

세상 그 누구도 저리 살 수는 없을 것이다. 마치 정지 화면을 보는 듯 수련에 또 수련만 했다. 그러다 열흘에 한 번씩 의무적으로 도시와 사람들 틈바구니에서 명승지와 관광도시를 돌아다녔다.

'괜히 미움받는다고 한 게 아니구나. 그런데 지내는 곳이 좀 특이한데?'

월향의 주위환경을 확대해서 보았다. 지시한 대로 지구

한 바퀴를 돌며 세상 관람을 마친 그녀가 자리 잡은 곳은 일본의 인적 없는 야산이었다. 사람이 떠나고 짐승들도 형태가 괴이한 도시. 잎에서 열매가 돋아나고 눈이 없거나 비늘이 없는 물고기 등 병든 동물이 매우 많았다.

유령도시와도 같은 그곳은 과거 원전사고가 있었던 곳. 지금은 아무도 찾지 못하는 버려진 땅이었다. 나는 같은 사고가 있었던 다른 지역을 찾았다. 우크라이나의 원전 사고지는 이미 깨끗하게 복원되었고 부지를 사들인 Z&F의 연구소 겸 지부가 떡하니 자리 잡은 상태였다.

"루타타, 예전에 아메바가 일을 제대로 못 했나 보군요? 왜 일본의 방사능은 그대로이고 다른 곳은 원상복구를 한 겁니까?"

모든 질병으로부터 인류를 구원하라는 미션은 아니었다. 어쩔 수 없는 질환으로부터 해결하라 했기에 현재의 기술력으로 극복 불가능한 방사능 역시도 신진권이 해결하는 것이 옳았다. 실제로 이미 그리 처신하기까지 했고 말이다.

한데, 여긴 왜 내버려 둔 걸까. 월향이야 색다른 장소이고 적막하니 수련하기 좋다고 방사능 지역에 자리를 잡았다지만 다른 모든 생명체에게는 지옥이나 마찬가지인 곳을. 내 지시에 따랐으면 저 원전 사고 지역도 말끔히

수복시켰어야 옳았다.

『상현의 눈치를 봐서 그래.』

"그게 무슨 뜻이지요?"

『응. 쟤들이랑 사이 안 좋다며? 그래서 저기만 둔 거.』

어처구니가 없을 따름이다. 되지도 않는 앙갚음도 아니고 저게 무슨 복수랴.

『라는 변명으로 숨겨 뒀었어.』

유나는 유난히 깊게 팬 땅을 가리켰다. 융단폭격이라도 맞은 양 뒤집히고 언덕이 잘려 있었다. 그뿐 아니라 일부는 싱크 홀처럼 뻥 뚫리기도 했다. 거대한 송곳으로 땅을 쿡쿡 찍고 엎으며 까맣게 태웠다.

'그을린 나무와 돌을 보니 마치 벼락이라도 떨어져서 생긴 자국 같은데.'

벼락 다발이 한 일대에 엄청나게 퍼부어졌다? 현실에서 그런 일을 일으킬 인물이라면 오직 이용택 관장뿐이다. 그가 무차별로 벼락을 난사한 건, 강하성 소장에게 일이 생겼을 때였고 그 타깃은 모두 신진권이었다.

"아메바의 연구소가 있었군요."

내 핑계를 대고 이상한 짓거리를 했던 게 분명했다.

『주술 같은 것도 했나 봐. 막 고문하고 상현을 원수로 해서 저주하게 했대. 그런 시체가 되게 많아.』

미친놈의 미친 짓거리로 입에 담지도 못할 일이 일어났다.

"이 재앙이 다 내 탓이다? 사진도 걸어 두고?"

『응.』

오컬트적인 것부터 하여간 수단 방법은 모조리 썼나 보다. 어쩌면 내 머리카락을 구하려고 했던 게 연구가 아니라 부두교의 주술처럼 인형에 넣고 찍기 위해서가 아닐까. 하여간, 극단에 몰리니 필사적으로 신진권이 발악한 흔적이었다.

『반쪽이가 딴 건 다 청소했는데 저긴 월향이 자리 잡아서 못하는 상태임!』

허영의 신진권이 충직하게 일하고 있는 게 믿음직했다. 뭐, 자료 영상 찾아보면 제 버릇 개 못 준다고 미녀들의 수발을 받으며 자기만의 아방궁을 차리긴 했지만 말이다. 그래도 이전처럼 얼토당토않은 계약으로 노예처럼 부리지 않으니 많이 착해지긴 했다.

"원래는 2층까지는 올라가 보고 나가려 했는데, 잠깐 현실에 다녀와야겠네요. 단속 좀 하고 오겠습니다."

신전을 오래 비워 둘 순 없으니 해야 할 일만 하고 얼른 돌아와야겠다.

『그럼 난 총 쏘기 연습하면서 기다릴게.』

유나가 냉큼 내 머리칼 사이에 숨어들었다. 저리 말하곤 본신으로 얼른 준비할 게 눈에 선했다. 역할극이라는 게 빤히 알면서도 이모저모로 재미있는 것 같다. 루타타의 작은 몸이 자리 잡는 것을 느끼며 나는 아직 끄지 않은 영상과 사진들에 묵념했다.

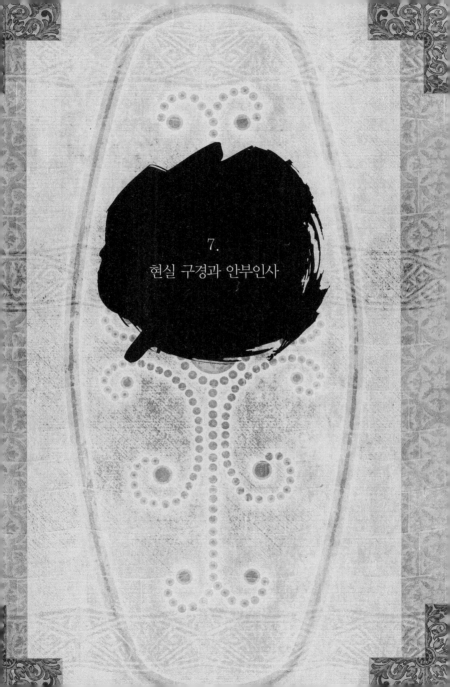

7.
현실 구경과 안부인사

눈꺼풀 위로 별장의 창으로 밝은 햇살이 내려앉았다. 숨을 들이쉬자 신전보다 충만한 마력과 탁한 공기가 폐부를 채웠다. 종료하여 나온 현실의 시간은 해가 떠오르는 오전이었다.

'다행히도 수갑이 딸려 오진 않았군.'

쇠사슬과 쇳덩이를 차고 왔더라면 저택이 남아나지 않았을 것이다. 그러나 내 영혼에 모힘트라의 구속이 각인되었나 보다. 내 손에는 아무것도 없었고 발목을 구속하는 사슬이 없었건만 내 동작은 사슬의 길이만큼만 자유로웠다.

마치 보이지 않는 줄에 묶인 기분이었다.

"이나마 다행이지."

나는 주위를 보았다.

본래였다면 가족과 함께했을 시간이지만, 별장에는 조용히 일하는 아바타 일꾼만 보일 뿐, 한나나 이블린, 정혜란의 기척은 느껴지지 않았다.

그때 뚜벅뚜벅 걸어온 누군가가 문을 열고 소리 나지 않게 문을 닫았다. 허리가 부러질 듯 접으며 인사하는 모닝코트 차림의 조각 같은 미남은 아바타 하인이었다.

"관장님께 주인님이 귀환하셨음을 전하겠습니다."

"어디 계시지?"

그나 나나 서로의 존재감을 확연하게 느끼고 있음에도 이러한 요식행위를 거부하지는 않았다. 이런 일상이 우리의 인간성과 일상을 유지하는 좋은 수단임을 잘 아는 이유였다.

"발코니에 계십니다. 현재 명상 중이시지요."

"식사를 마치고 관장님께 갈 생각이다."

"주인님의 식사준비라면 언제나 준비되어 있습니다. 바로 가실는지요?"

"오십 인 분이지?"

"예."

천공수에서 열심히 돌아다닌 터라 배가 꽤 고팠다. 나

는 오징어 다리를 씹듯 디칼립스의 영혼 부스러기를 잘근 잘근 씹다가 놓았다. 침이 가득 고였지만, 이건 정말 별미라서 조금씩 잘라먹고 있었다.

보통은 식탐을 부리지 않는 나인데, 용족의 영혼은 두고두고 먹고 싶은 욕망이 들 만큼 훌륭한 먹거리였다.

"그건 입가심으로 먹을 테니 더 추가하도록."

"배, 백 인 분을 당장 추가토록 하겠습니다."

하인의 낯빛이 두려움으로 창백해졌다. 경호와 석호 급으로 강화한 이들이라도 디칼립스의 흉포함에는 오금이 저렸나 보다. 부스러기만으로도 대단한 존재감을 발휘하는 것이 과연 용의 잔재다웠다.

"괜찮아. 망령에 불과하니까."

"그게 아니라 주인님이 더 무서워서 그만……."

"후후. 나 정도로 무슨."

대책 없이 밀렸던 걸 떠올리면 그야말로 모골이 송연해질 정도다. 호감이라고 제법 잘난 척 한 내게 야성을 가르쳐 준 괴물이다.

나는 어깨를 으쓱해 보이고는 의자에서 일어났다. 거대해진 내 육체에 맞게 실내 전체를 리모델링 한 흔적이 여기저기 보였다. 안식향의 효과를 자랑하는 귀한 황칠을 하고 인간문화재급 장인이, 정확하게는 장인의 아바타가

온 정성을 기울여 만든 물건들이 가득했다.

장식물은 물론, 하다못해 연필통과 그 안에 든 연필까지도 보석으로 만들 정도인데, 실소가 나오는 건 이러한 방의 인테리어가 금방금방 바뀐다는 사실이었다.

내 바이오 리듬이랑 사주팔자를 보고 가장 좋은 디자인으로 한다는데, 그저 안에 담긴 유나와 이블린의 마음에 감사할 따름이다.

복도를 걷는 도중 실금이 균일하게 건물 전체에 난 것을 보았다.

"무슨 일 있었나?"

"열흘 전, 예비 사모님과 정혜란, 이한나의 대련이 있었습니다."

"대련은 한 달에 한 번이었던 걸로 기억하는데?"

"주인님께서 여행하신 지 한 달이 이미 넘었습니다."

디칼립스 사냥보다도 신전 구축하고 보낸 시간이 생각보다 꽤 됐다고 한다.

"또한, 세컨드 마스터께서 관장님을 위한 수련장을 제작하셨습니다. 중력의 방인데 수련 효과가 좋다고 평하셨지요. 관장님은 제자분들께도 수련장 안에서 대련하라고 지시하셨습니다."

오호라. 이용택 관장이 흡족해할 정도라?

"보고 싶군. 중력의 방은 어디에 있지?"

"파괴돼서 다시 제작 중입니다."

하긴, 남아날 리가 없지. 뭔지는 몰라도 그가 안심하고 힘을 쓸 만한 수련장이라기보다는 흥미를 보일 정도의 발명품인 게 분명했다. 일전에도 여러모로 유나가 애를 써서 이용택 관장에게 호감을 사려고 했었으니 말이다.

식당에는 잘 구워진 통돼지와 송아지가 있었다. 다리한 짝을 쫙 뜯어서 바삭하게 구워지고 양념이 배어 든 고기를 뼈째 와작 씹었다. 바위도 과자처럼 깨물고 철근도엿가락처럼 쫄깃하게 씹히는 호감의 치아가 깊은 풍미의고기를 톱날처럼 분쇄했다.

허기를 간신히 면하고 손가락을 쪽쪽 빨게 되는 데는10분 남짓의 시간이 걸렸다. 추가로 주문한 음식과 디저트까지 싹싹 비우는 데도 얼마 걸리지 않았다.

역시 사람은 먹어야 힘이 나는 법이다. 배가 살짝 차오르니 입가에 슬며시 미소가 맺혔다.

"앞으로는 항상 오늘 양만큼 준비하도록."

"예, 주인님."

입가를 닦고는 식당을 나섰다.

발코니로 가자 익숙한 그 자리에 고요히 앉아 해를 가

만히 응시하는 이용택 관장이 보였다. 완벽하게 자연과 하나가 된 듯 평범하나 결코, 평범하지 않은 초월성을 완벽하게 갈무리한 면모에 절로 감탄사가 나왔다.

"다녀왔습니다. 그간 새로운 경지를 보셨나 보네요."

다가가자 그가 대수롭잖게 고개를 끄덕였다.

"마누라와 다니려다 보니 필요해서 해 봤는데 쉬이 되더군. 완벽한 극복은 아니지만, 편법으로 어느 정도 일상을 영유할 순 있었지. 그러는 너는…… 으음! 성광(星光)인가. 드높아서 외려 은은해지다니."

"조금은 신위를 얻었습니다."

"신이라!"

그가 고개를 끄덕였다.

"아직 미흡합니다. 엿본 것에 불과하지요."

비밀의 시선과 이용택 관장의 통찰안이 마주쳤다. 우리는 서로의 몸과 마력의 변화를 보았다. 단전의 자리에 디칼립스가 남긴 최상급 마력석처럼 고도로 응집된 결정체가 세 개 있었다. 중심에는 무색에 가까운 구체가 있었는데 높은 순도 탓에 여의주가 실존하다면 저럴 것이라란 생각이 들었다.

경이적인 것은 항성과 행성의 관계처럼 그의 몸속에서 회전하는 결정체가 살아 움직인다는 사실이었다. 의지가 있는 듯 현실의 마력을 빨아들이며 제4의 구체를 실시간으로 형상화하고 있었다.

누가 먼저랄 것 없이 감탄사가 나왔다.

"비유나 암시가 아닌 진정으로 우주를 품으셨습니다. 현묘한 경지군요."

"너는 비인(非人)이되 진인(眞人)이 되었구나."

"괴수가 아닐까요?"

"무인이 검을 잘 다룬다 하여 그를 검으로 부르는 멍청이가 어디 있겠느냐."

용비늘과 용혈로 변이된 내 육신 역시 한낱 힘에 지나지 않는다는 이야기였다. 그의 말 대로였다. 뿌리만 그대로라면 가지와 잎이 무슨 상관이랴.

"역시, 안심된다."

"안심이라니요?"

"나만 진일보한다는 자만에서 벗어날 수 있으니까. 이 정도론 아직 초월하지 않겠구나 하는 척도인 거지."

성장에 끝이 없다는 이야기. 숨 쉬는 매시간 성장하는 그의 다소 무서운 고민이었다. 그런데도 두렵다는 마음이 일절 안 들고 대련할 기대감만 가득한 걸 보면, 나도 이제는 무인이 되긴 했나 보다.

"그런데 집이 꽤 한산하군요. 다들 어디 갔습니까?"

"한창 놀 때니까."

"예?"

학생인 한나라면 '놀 때' 라는 말이 이해가 됐다. 그러나 정혜란을 비롯한 다른 여인들조차 '놀 때' 라는 건 의아했다. 그런 내 반응에 그가 담담히 답했다.

"다른 사람들과 어울리는 것 말이다. 무공을 대성하여 초월의 문턱에 들어서면 꽤 오래도록 외롭게 지내야 할 테니까."

불현듯 '아' 하고 입을 벌리게 되었다.

일반인이 초인이 되는 시간과 초인이 신성을 넘보게 되는 시간.

무엇하나도 만만찮으나 따지고 보면 당연히 후자의 것이 더욱 길었다. 그러니 친구들과 일상에서 멀어지기 전에 마음껏, 다양한 경험을 하며 노는 게 좋았다.

나중에 우리 정도가 되면 천공수에 오르는 투쟁과 체내에 소우주를 완성하는 이 재미에 취해 사람들과 어울리는 일을 등한시하게 되니 말이다.

"꼭 명절날 손주들이 오기만을 기다리는 할머니, 할아버지가 된 기분입니다."

보고 싶고 만나면 품에 안아 주고 싶었다. 오면 꼬깃꼬깃 숨겨 둔 용돈을 아낌없이 주고 싶은 마음이 가득했다.

대가는 받는 이들의 환한 웃음이면 충분했다.

"그보단 이곳이 지향점이고 고지(高地)가 아니겠느냐."

유배지나 두메산골이 아닌, 살아 있는 자들이 도달하기를 원하고 이를 성취한 초인들이 있는 곳. 저들이 목표로 삼아 정진해서 도착할 정상이라는 그의 말이었다. 너스레를 떤다고 했는데 확실히 난 유머에는 재능이 없나 보다.

"그런데 생각보다 빨리 나왔구나. 천공수를 벌써 다 정복했을 리는 없을 텐데?"

"월향의 도움이 필요해서 급히 나왔습니다. 1층을 정복하며 개인 신전을 얻었거든요."

그는 생경한 단어가 나오자 잠시 '신전?'이라며 되뇌었다.

"천공수에 별의별 것이 다 있나 보다. 그런데?"

"건물만 있지, 울타리와 문이 없어서 당분간 지켜 줄 사람이 필요합니다. 자칫 잘못하면 new century의 다른 신이나 천사들이 침범할 수가 있거든요. 뺏기면 타격이 매우 크고요."

그 말에 이용택 관장이 섬광이 번쩍이는 강렬한 눈빛을 보였다.

"그놈들, 강하겠지?"

"상당히 강합니다."

"내가 도와주랴?"

'꼭 필요하다고 말해!' 라는 암묵적인 메시지가 선명하게 떠올랐다. 내심 웃으며 나는 열의를 보이는 그의 제안을 조용히 거절했다.

"제 모든 것이 신전에 있습니다. 기억과 경험부터 무공과 극의 등 모두를 배우고 익힐 수 있을 정도지요."

"아깝구나!"

내 모든 것을 낱낱이 알게 되면 호적수라는 기존의 관계가 무너질 우려가 있었다.

"시간 되면 그 아이라도 보내 주려무나. 네 신전을 지키는 것이니만큼 내가 구명절초랄 것을 알려 주고 싶다."

"그런 무공도 있었던가요?"

"폭마탄강(爆魔彈强)이라고 네게 써 보려고 만든 게 있다. 반동이 만만찮아서 개량 중인데 그 아이라면 곧잘 익힐 법하구나."

이름만 들어도 살벌한 저런 건 또 언제 만들었는지 원.

"차 한잔하겠느냐?"

"그러고 보니 계속 서서 있었네요."

마주한 의자에 앉노라니 집사가 찻잔을 내려놓았다. 그 윽한 향이 몸과 마음을 어루만지는 듯했다.

"좋군요. 명품입니다."

"입만 괜히 고급이 됐어. 나가서 먹으니 다 별로더구나."

차 한 모금을 머금고 고개를 끄덕이니 이용택 관장이 덧붙였다.

"역시 나는 농담에 소질이 없나 보다."

아, 이런 걸 동병상련이라고 하는 거겠지.

❈　　　　❈　　　　❈

월향을 찾아 별장을 나섰다. 어떤 이동수단보다도 확실하고 빠른 두 발로 크게 보폭을 내디뎠다. 그러노라니 회귀 이전이나 Z&F가 사라진 지금이나 큰 차이를 보이지 않는 주변 경관이 새삼 가슴에 담겼다.

건물과 사람들. 바쁜 일상의 나날을 보며 시간은 나에게만이 아니라 우리 모두에게 흐른다는 것을 되뇌었다. 나의 진화 못잖게 다른 이들도 변화하고 있었다.

"잘 돌아가는구나."

비꼬는 투 없이 순수하게 나오는 말이었다. 세상은 누가 어떻게 분탕질을 치든 얼마나 많은 이가 죽었고 또 태어나든 관계없이 잘 유지되고 있었다. 어찌 보면 나는 사춘기 때와 같은 고민을 했는지도 모른다.

생각은 어리고 몸은 커 가는 그 시절에는 '내가 세상의 중심'이라고. 자긍심에 취해 있곤 했다.

이윽고 살다 보면 알게 된다. 나라는 사람이 무가치한 것은 아니지만, 나의 선택 하나하나가 세계에 크나큰 족적을 남기지는 못한다는 것을.

내가 영향을 끼칠 수 있는 작은 울타리 안에서만이 의미 있다는 사실을 말이다.

'드문드문 특이한 이들이 보이는데.'

히치 하이커처럼 빌딩 숲을 걷다가 빠르게 지나는 차량 위에 사뿐히 앉아서 주위를 두리번두리번 보았다. 차가 막히면 훌쩍 뛰어올라 부는 바람에 실려 가랑잎처럼 내려오기도 했다. 쌩쌩 자동차가 달리는 도로에서 그리 있노라니 목화솜처럼 사뿐히 내려앉는 하얀 여인이 있었다.

빨간 눈동자에 새하얀 머리칼. 전신 타이즈를 입은 그녀는 이블린이었다. 차갑고 이질적인 표정과 몸매를 환히 드러낸 복장의 균형이 눈길을 사로잡았다. 지난번처럼 또 무슨 촬영이라도 하고 있었나 보다.

등 뒤에 착지하고는 꼭 껴안아 오는 그녀의 촉감이 미치도록 반가웠다.

"미리 연락해 주지 그랬어요?"

살짝 맺힌 땀을 닦은 그녀가 어깨에 머리를 기댔다. 환혼력을 살짝 뿜으니 나야말로 신선하고 훌륭한 냉풍기다.

"예전처럼 몸서리쳐지게 차갑지는 않지요?"

"그러네요? 가만, 그러고 보니 전보다 위화감도 덜하고. 얼른 말해 봐요. 천공수에서 무슨 일이 있었는지."

"하하. 유나 씨가 말해 주지 않던가요?"

웃으며 되묻자 그녀는 한숨을 폭 내쉬었다.

"말도 마요. 같이 일하면서 해쭉해쭉 웃고 그러는데 도무지 말을 안 했거든요. 기가 너무 죽어 있었던 차라 되살아난 건 괜찮은데, 가끔 보면서 묘하게 웃을 땐, 으~ 살짝 화도 났어요."

살짝 주먹을 쥐고 부르르 떨었다.

"고생을 많이 했으니까 이비가 조금만 이해해 주세요. 그리고 기다린 만큼 듣는 재미도 있을 겁니다."

나는 도로의 차량 위에서 장소를 바꾸었다. 고운 융단을 인벤토리에서 꺼내 바람에 띄우고 쇼크웨이브를 사용한 것이다. 그리고 그 위에 올라 마력을 손과 발처럼 능

숙하게 다루니 하늘을 나는 양탄자를 탄 양 우리 둘만의
요람이 강줄기를 타고 바람 따라 떠돌았다.

"신전이랑 낙인이란 말이군요?"

이용택 관장에게 함축적으로 이야기했던 것과는 달리
뱃사공을 만날 때부터 진입했을 때 본 풍경. 디칼립스와
1층의 규모, 신전에 이르는 이야기를 시간 순서별로 해
주었다. 현실과는 완벽하게 동떨어진 여행기에 이블린이
관심을 보였다.

"아깝네요. 현실에서 맡은 일만 아니었으면 얼른 가서
봤을 텐데. 신전에 가면 상현 씨 어렸을 때 모습도 다 있
는 거죠?"

"감춰 두고 싶은 기억들도 있으니 조금은 봐주세요."

이블린이 눈웃음을 보이며 고개를 홱 돌렸다.

"흥! 생각해 보고요. 우리만 쏙 빼놓고 그런 데서 여행
을 했다니."

나는 그녀에게 간질이고 껴안으며 달래 주었다. 그러다
손을 공중에 뻗어서 움켜쥐었다.

"이비는 이게 뭔지 알고 있나요?"

'캑!' 하는 소리와 함께 하늘하늘거리던 한 남성이 바
들바들 떨었다. 구레나룻이 인상적인 굵은 금반지와 금목
걸이의 남자였다. 그를 보고 미소를 담뿍 머금고 있던 이

비가 독수리처럼 날카롭게 변했다.

"B 클래스의 점퍼예요. new century 게임을 통해 각성시킨 이들인데 신인류라고 자기들끼리 통칭하죠."

클래스와 점퍼라. 신인류의 종류가 제법 다양한 거 같다.

"이비의 등급은 어떻게 되지요?"

"혜란 언니와 한나, 저까지 세계 능력자 연맹의 대표예요. 등급은 SS 클래스죠."

"와우~"

"강유나나 신진권은 관리자고요. 원래는 우리도 관리하려 했었는데 관장님이 감투도 써 보라고 하셔서 이렇게 됐어요."

"최고의 3인 중 하나라니 멋진 감투군요. 취향에 맞긴 합니까? 소위 구분하는 외향성이랑 내향성으로 보면?"

그녀가 고개를 살짝 들며 콧대를 세웠다.

"저도 몰랐던 리더십이 엄청났다는 거 알아요? 만날 집에만 있어서 몰랐는데, 아무래도 정치인의 기질이 있었나 봐요. 성격이랑 딱 맞았답니다."

"이비가 지도자 타입인 건 처음 여관에서 볼 때부터 딱 알았지요. 그때 계단에서 길을 딱 막고 있을 때 비켜 달라고 어떻게 부탁하나 엄청 고민했거든요."

피~ 하고 이블린이 웃었다.

"사실 옷을 보고 광고촬영이라도 하는 줄 알았습니다."

"디자인을 신진권이 해서 그런지 하나같이 야하긴 해요."

"유나가 아니라?"

"짬 내서 누구랑 여행하느라 일 몇 개는 손 놓았거든요."

헛기침으로 대답을 대신했다. 이블린은 노출도가 있기는 하지만 타이즈가 경혈을 자극해서 기의 순환을 돕고 방탄 방검의 성능도 자랑하는 첨단복이라고 덧붙였다. 뭐, 나로서는 손톱으로 슥 그으면 쭉 잘리는 종이 수준이지만 말이다.

쫙 달라붙는 디자인이, 왠지 여성용은 많이 보고 싶지만, 남성용은 그다지 안 보고 싶었다.

"외투로 만들어도 같은 효과를 볼 거 같은데."

"그것만큼은 그 변태가 목숨 걸고 사수해서요. 파업도 불사할 기세인데, 혼내 줄 마스터는 부재중이고. 지금도 남는 시간은 다음 단계의 파워슈트 개발에 다 쓰고 있어요. 수영복 차림에 증폭률이나 방어력은 더 높게 하려고 혈안이 됐죠!"

"하하하. 남성용도 말입니까?"

"그는 남녀 가리지 않아요. 예쁘고 맛만 좋으면 된다 나?"

"아이고."

역시 또 멋쩍은 웃음으로 넘겼다. 티격태격 잘들 지내는 모양이다. 그러며 급속도로 변화하고 있는 현실의 이야기를 그녀에게서 들었다. 전 인류의 업그레이드. 현실 세계는 일전에 이야기했던 현실의 능력자들을 키우는 계획이 실제 진행 중이었다.

"new century로 송출하던 마력탑을 손봐서 초능력 발현이 원활하도록 했어요. 각성자 한 명당 코드 넘버를 입력하고 스킬을 쓰듯이 활성화시키는 거죠."

"자연스럽게 능력 성장은 멈추고 여차하면 코드를 해지한다?"

"송출 마력량을 통해 제한도 가능하답니다. 이 외에도 네 개의 안전장치가 더 있어요."

현실의 이능력자가 되는 방법은 가상현실이 아니게 된 new century를 하는 거였다. 2D라는 모니터 속 평면 게임을 통해 선발하고 능력 각성은 과거 신진권이 자신의 신체능력과 초능력 중에 비율을 선택하여 각성했듯이 일반인들에게도 하나씩 능력을 주는 방식이었다.

이를 철철 넘치는 지구의 마력으로 거대한 회로판을 만

들어 인식시킨 초능력이 쉽게 발현되도록 도왔다. 즉, 현실의 능력자들은 달라진 자신의 육체와 능력만큼 정신수련을 하기만 하면 되는 것이다. 힘에 취해서 즐기기만 하면 탈락, 사리사욕에만 몰두해도 탈락.

탈락은 곧 죽음이자 소멸이다.

'묘한 녀석들이 많다 싶더니만.'

세계 곳곳에 이블린의 눈과 귀가 있으며 Z&F의 생산된 요원들이 곳곳에서 일상을 살아가는 오늘날의 모습. 일상과 능력자들의 세계가 구분되고 이를 강유나와 신진권이라는 관리자가 통제하는 현재의 세계는 매우 안정적으로 돌아가고 있었다.

new century의 천공수를 다 정복하고 나면 현실이라는 이름의 판타지를 즐기는 것도 쏠쏠할 것 같았다.

"그런데 점퍼 주제에 감히 우리를 훔쳐보고 있었다니."

방해받은 데이트에 이블린이 눈빛이 예리하게 번뜩였다.

단순히 싸늘한 게 아니라 실제로 마력이 유동하며 무형의 칼날을 형성한 것이었다. 시선으로 사람을 도륙할 만큼 그녀의 의지와 마력 운용 능력이 진일보한 상태였다.

놔두었다가는 괜한 목숨 날아가게 생겼다.

"아니요. 이전보다 부드러워졌다 뿐이지 일반인은 나를 인지하고 인식할 수 없는 건 여전합니다. 단지 오붓해지려고 하는데 눈에 자꾸 띄어서 치운 것뿐이지요."

힘을 모아 손을 오목하게 만들어 양손을 마주쳤다. 범종과도 같은 울림이 공기를 매질하며 삽시간에 퍼졌다. 그러자 살충제를 맞은 파리나 모기처럼 일곱의 인영이 우수수 떨어졌다. 배달 상자를 든 택배 직원부터 교복 입은 학생, 직장인 등 각기 다른 이들이었다.

대부분 평상복 안에 내복처럼 타이즈를 입고 있었는데 두 명은 그렇지 않았다. 이유를 물으니 지급받은 걸 경매에 넘긴 거라고 한다.

"능력을 이용한 범법 행위는 아예 불가능하게 락을 걸었고 편법도 패널티가 상당하답니다. 정상적인 아르바이트로는 아무래도 한계가 있고요. 그런 면에서 한 벌에 천만 원인 이 옷은 급전이 필요할 때 팔기 딱 좋아요."

"능력이 생기면 쓰고 싶어지는 건 당연한 본능입니다. 너무 단단히 죄지 말고 딱 선을 넘는 이들만 치웠으면 합니다."

"그럴게요."

"한데, 이 타이즈가 고작 천만 원입니까?"

옷값이라고 생각하면 터무니없이 비싸겠지만, 목숨 값으로 보면 저렴한 액수였다. 한창 군사 목적으로 연구하던 파워슈트의 효과도 있으니 가져가서 생산 비법을 뽑아내는 가격을 추가해도 턱없이 싼 값이다.

"신진권이 다 회수하거든요. 가격 동결이죠."

"알 만합니다."

그간의 근황에 관한 이야기만으로도 나눌 말이 정말 많았다. 그렇게 이블린과의 공중 데이트는 동해에 접어드는 순간까지 이어졌다.

"언니나 한나는 보지 않고 가요?"

"한창 능력자로 유명세 중이라 했으니까, 나중에 나왔을 때 보지요."

어깨를 으쓱였다.

"놀다가 중간에 끊어지면 흥이 안 나는 법이기도 하고요."

이블린이 자신의 가슴을 가리켰다.

"단죄라는 그 무시무시한 심벌은요?"

"나중에 신전을 다 둘러보고 나서 새기는 게 나을 것 같습니다."

주의를 기울이자는 내 의견에 그녀가 한숨을 내쉬며 눈을 흘겼다.

"화내기 전에 얼른 내놔요. 믿음의 필수 조건이 의심이고 신뢰는 강력한 응징을 수반으로 하잖아요. 부끄러워하지 마요."

이블린은 내 머리를 쥐어박는 흉내를 냈다.

"혜택만큼의 복수가 함께할 때 신뢰는 영속될 수 있답니다. 당신은 틀리지 않았어요."

흔들림 없는 그녀의 시선에 나는 항복하고 말았다. 연신 내게는 과분하다는 말이 목에까지 치밀었지만 표현하지는 않았다. 대신 으스러지도록 힘껏 안았다.

❇   ❇   ❇

짙푸른 바다를 건너며 현실의 뒤바뀐 역사에 대해 간략히 훑어보았다. 일반인들은 new century를 통해 능력자가 생기는 이 상황에 대해. 그리고 능력자가 되면서 만나게 된 아바타 스승들에 대해 어떻게 생각할까.

'세뇌가 간단하기는 하지만, 그러면 정신능력 배양이라는 원 목표를 방해하게 되지.'

세뇌 효과로 훌륭해진 인물들은 마마보이에서 영원히 벗어나지 못하는 어른이기도 했다. 주체적으로 판단하며 성장하게 하려면, 완벽한 세트장을 만드는 것이 선행되어야 한다. 그 때문인지 현실에 남은 이들은 세상이라는 무대를 놀랍도록 잘 꾸며 놓았다.

이를 위해 싹 뒤바뀐 역사는 고문헌부터 현재에 이르는 모든 사서와 사적들에 이르기까지 세심하고 꼼꼼하게 수정되어 있었다. 보고 있는 나조차도 과거를 기억하지 못한다면, 처음부터 세계가 이렇게 돌아가는 줄 알았을 정도로 기승전결이 잘 짜여 있었다.

기존 세계사와 달리 각색된 부분을 찾는 재미가 쏠쏠했다.

그렇게 재미난 소설을 읽으며 도착한 원전 사고 지역에는 월향이 보이지 않았다. 어찌 된 건가, 검색하니 오늘이 이따금 있는 도시 구경하는 날이라 하산한 상태였다. 역사소설을 읽으면서 날아온 통에 당연히 월향이 여기에 있는 줄로만 안 것이다.

별수 있으랴. 찾아갈밖에.

"유나 씨, 포션 50병을 꺼내 놓을 테니 희석해서 사용하십시오. 오염 지역을 모두 정화하는 겁니다."

[바로 진행할게요.]

이번에는 싹 마음가짐 달리 먹고 할 일에 집중하기로 했다. 지시를 마친 뒤 느긋하게 떠다니는 양탄자를 거두고 질풍의 보법으로 달려갔다. 이윽고 화려한 도쿄의 거리에서 그녀를 발견했는데, 실로 군계일학이다.

왕후장상의 씨는 따로 없다는 말이 있기는 하지만, 그녀를 마주하노라면 그런 이야기는 쏙 들어갈 것이 분명했다.

'나야 그냥 괴물이지만.'

아우라를 휘장처럼 두른 그녀가 도심 한복판에서 관광하고 있으니 어떤 일이 벌어지겠는가. 먼발치에 있는 이들은 그녀를 보고자 다가오고, 사진으로 찍기 일쑤였다. 가까이 있던 이들은 왠지 모를 불안감과 두려움에 슬금슬금 피했다.

과도기다.

화려하고 번잡해야 할 도쿄의 거리가 그녀 탓에 침이 꼴깍 소리를 내는 것까지 유별나게 들리는 숭배의 장소가 되고 있었다. 나와 이용택 관장에 비하면 후발주자였던 그녀가 완벽한 승격을 목전에 둔 탓이었다.

숨법을 전수받은 한나나 노력하는 이블린보다도 압도적으로 빠른 성장 속도였다. 그런 월향의 앞에 훌쩍 솟구쳤다가 아스팔트를 까부수며 등장한 남자가 있었다. 몸 전체가 황동을 도포한 듯한 민머리의 거구 사내는 가만히 걸어서 도시 관광을 하는 월향을 가리켰다.

"소문대로의 미인이군. 사진보다 훨씬 나아."

보디빌더처럼 양팔에 힘을 주었다. 팽창한 근육이 그의

옷을 쫙 찢어발기며 탄탄하게 반짝였다. 이에, 옥상에서 카메라로 찍고 있는 사내에게 물어보았다.

"지금 저게 무슨 상황이지?"

솜털만 한 마력과 파워슈트가 와이셔츠 속에 비치는 회사원이 시선은 저들에게 둔 채 빠릿빠릿하게 대답했다.

"열흘에 한 번씩 나타났다가 사라지는 강철의 꽃입니다. 지금까지 한마디도 말한 적이 없어서 침묵의 신녀라고도 하는데, 이면 세계의 역사 중에서도 손꼽히는 절대미녀 중 하나죠. 한국의 3대 미녀와 비견되는 우리 일본의 자랑입니다."

"연맹 발족한 게 언젠데 벌써 이면의 역사냐?"

"Z넷에 접속하면 3천 년의 데이터베이스가 있는데 무슨 말이십니까?"

아차, 내가 깜빡했다. 완벽하게 재구성된 역사였지.

"그런데 왜 일본이지? 그녀는 세계 일주를 했을 텐데?"

"정착한 곳이 우리나라니까요. 고향으로 오신 겁니다."

지진과 해일로 피폐해진 일본에 홀연히 나타난 능력자. 가장 위험한 지역에 거하는데 그녀가 그곳에 있으므로 방사선의 피해가 눈에 띄게 줄었다고 했다. 그리하여 탄생한 추측이 일본의 수호자라는 것이었다.

"아서왕의 검처럼 그녀를 취하면 최고가 될 수 있다고도 하고, 천황의 여인이라고도 하는 소문도 있지요. 그래서 실력에 자신 있는 이들은 그녀에게 저렇게 도전하곤 합니다. 하지만 아무도 성공하지 못했죠."

"그러면 저런 어중이떠중이로부터 지켜야 하는 거 아닌가?"

"저희가요? 큰일 납니다. 갔다가는 싸잡아서 날아가 버리거든요. 저렇게 말입니다."

그쯤 몸집을 한껏 불리고 뚜벅뚜벅 걸어가던 쇳소리와 함께 와락 튕겨 나갔다.

"이 동일본 대표 야마모토의 여자가…… 쿠엑!"

볼링핀처럼 날아간 그가 벽에 처박혔다. 그뿐만 아니라 반경 30미터 안의 주차된 차량 등 모든 것이 쑥대밭으로 바뀌었다.

일찍이 전수했던 두두의 땅 구름을 전방위로 사용한 것이었다. 균열이 나며 용솟음친 아스팔트가 태극 문양으로 회전하더니 퍼즐 맞춰지듯 처음의 자리에 내려앉는 것은 가히 신기에 가까웠다.

옆에 있던 사내는 연신 이를 셔터에 담았다.

"아아, 신녀님. 어떻게 찍어도 핏이 살아 있습니다.

아아!"

사진을 확인하고 흥분해서 몸을 부르르 떠는데, 뭐 이런 미친놈이 있나 했지만 같은 행동을 하는 이들이 건물 여기저기에 상당히 많았다. 숭배하듯 하는 그는 월향의 뒤를 쫓으며 건물을 뛰어넘었다. 그러더니 마지막에 그녀가 거리를 빠져나갈 때쯤 되자 그녀 앞에 나서서는 납작 엎드리는 것이었다.

'뭐지?'

남녀 불문! 수가 점점 늘었다. 인간 카펫처럼 쭉 도로를 점하고 엎드린 그들을 월향은 어떻게 할까. 적의도, 살의도 없는 이들이기에 그냥 무시하는 것이 그녀의 선택이었다. 그녀는 걸음을 바꾸고 멈추고 할 것 없이 엎드린 그들을 그대로 밟고 지나갔다.

그때마다 '아흑!', '아아! 내가 밟혔어!', '오오!' 하는 기괴한 신음이 울렸다.

"대체 이 변태들은……."

페티쉬나 취향에 대해 뭐라 할 말은 없다만, 대관절 이게 단체로 무슨 짓거리인지. 어이가 없을 따름인데, 이게 웬걸. 엎드려서 밟히는 인간 카펫에는 외국인 능력자도 상당했다.

검색해 보니 월향이 세계 일주를 하는 동안 동양, 서양

할 것 없이 같은 일들이 일어났다고도 나왔다.

이 기현상을 한 줄로 평하기를 '거추장스러운 옷을 벗어라. 우리의 수치스러움이 우리를 흥분시킨다. 그녀 앞에서 마조히스트가 아닌 이 그 누가 있겠는가!' 라고 되어 있었다.

'당최 뭔 소린지.'

고개를 절레절레 흔들다가 일대에 풍파를 남기고 보법을 밟아 도시를 떠나는 월향의 앞에 섰다.

그리고 우뚝 멈춘 그녀의 시선을 마주하는 순간, 저 변태들이 정상적이었다는 사실을 단번에 이해해 버렸다.

"내 탓이었어."

강인함이라는 원형을 아름다움으로 승화시킨 그녀는 아메바가 자신의 걸작이라 자칭할 만한 여인이다. 2미터에 육박하는 큰 키로 우뚝 솟기도 했지만 고요하며 타인을 내려다보는 눈빛은 사자 같고 매처럼 날카로웠다.

아름다움에 흠뻑 취하는데 고개를 떨구니 바라볼 것은 그녀의 튼실한 다리뿐이었다. 감히 허락된 것이 저것뿐이니 발바닥에 입맞춤이라도 하려는 거였다. 아름다운데 차마 표현하고 느낄 방법은 오직 자신의 마조히즘을 깨우는 것밖에 없었다.

······라고 다른 이들이 오해하였지만, 실상은 다른 데 있었다. 격이 떨어지는 모든 이가 월향 앞에서 마조히스트가 되는 이유는, 투영 때문이다. 상승무공의 경지가 검으로 베기 전에 의식으로 상대를 베는 것에 있듯, 높은 격의 소유자는 자신의 의식을 투영하여 세상에 변화를 일으킨다.

 이를 스킬의 우위나 무공의 파괴력으로 볼 수도 있지만, 다른 각도에서 보면 감정 역시도 물들인다는 말과 일맥상통했다. 신생아실에서 한 아이가 울면 다른 아이들이 따라 울듯, 환한 누군가의 웃음을 보며 절로 피식 웃게 되는 것처럼 월향의 경지가 올라갈수록 그녀의 감정이 주위를 물들이고 변화시켰다.

 "집은 사냥개가 잘 지킨대."
 "기본 베이스가 그런걸. 아참! 오래 두면 상현, 미움받을지도 모름!"

 만들어진 생명체인 월향은 잘 태생부터 노예였다. 유나의 말처럼 주인의 말에 충성하게 되어 있었기에, 그녀는 내 말에 따라 여행했고 내게 도움이 되고자 수련하고 있었다.

희로애락과 삶의 가치가 모두 내게 기울어져 있는 것이다. 그렇게 설계된 이였다.

이러한 월향이 언제 행복감을 느꼈을까? 그녀와의 첫 만남은?

'애완동물한텐 주인이 전부지.'

일찍이 신진권에게 그녀를 인도받으며 나는 메그론의 흉내를 냈었다. 위압적인 연기를 하고자 무릎 꿇게 했고 머리를 쓰다듬었으며 턱을 어루만져 주었다. 내 환혼력은 그녀의 몸을 꽁꽁 얼렸고 일점 집중의 권과 각종 파괴력을 자랑한 스킬들은 그녀의 첫 번째 주인을 만신창이로 만들었다.

이후 나는 월향을 놓아 주었다. 주인과 함께 있을 때 행복한 충견은 그날을 추억하게 됐다.

그 결과 당시의 공포, 그때의 느낌과 감정을 행복이자 기쁨으로 격상시켰고 월향의 행복한 감정이 일반인들을 물들이게 되었다.

"주인님, 오셨습니까?"

그녀의 마음을 짐작하게 된 탓일까. 침착하게 말하며 무릎을 꿇는데 한결같은 월향의 눈동자로 반가움이 물씬 느껴지는 듯했다.

"잘 지냈지?"

"네. 지시하신 대로 유물을 더 찾았고, 여행도 모두 했습니다."

그 모습에 어디에 갈 건지, 무슨 스킬을 익혀야 하는지 말하려던 것을 모두 집어치웠다. 외려 탄식이 나왔다. 이블린은 내게 과분한 여자였다. 내 사정을 이해하고 더 나은 길을 제시해 주는 그녀는 감사할 따름인 여성이었다.

반대로 유나와 월향은 같은 종류의 여자였다. 한 명은 곤바로스의 유물을 공유함으로써 내게 종속됐고, 다른 한 명은 태생부터 인위적이었고 삶 전체가 그러했다.

내가 불러 주기를 기다리는 수동적인 이들이 아니었다. 그럴 수밖에 없는 불완전한 존재들이기에 나로부터 의미를 찾는 것이다.

어쩌면 이 두 여자야말로 옹졸한 나의 펠마돈에 최적화됐다 해도 과언이 아니리라.

"너야말로 비겁한 나한테 딱 맞는 사람이겠구나."

"예? 그게 무슨 말이신지?"

월향의 검은 눈동자를 가만히 응시했다.

"백 마디 말보다 직접 보는 게 이해에 도움이 될 거다. 당연히 나와 함께 가겠지?"

"네, 주인님."

"그리고……."

나는 내 심장의 인장을 활성화하였다가 거두기를 반복했다. 사실 완벽하게 대처하려면 지금 내 신전에서 나의 모든 기억을 수습하고 있는 강유나와 곧 얻게 될 월향에게 신뢰의 펠마돈을 새기는 것이 옳았다.

그럴 리 없다는 것을 잘 알지만, 미래는 알 수 없는 것. 혹, 배반할 때 징계할 수 있고 그런 일이 발생하지 않도록 막아 주는 최소한의 안전장치가 바로 이 인장이었다. 그런데 주저하게 된다.

한숨이 턱 나왔다.

'이 지경인데도…… 빌어먹을. 나한테 자존심이 남아 있긴 했나?'

목에 단단한 쇠사슬과 쇠고랑을 채우느냐 마느냐. 자칫 물릴 수 있음에도 놓아 두느냐 마느냐. 찰과상 정도가 아니다. 물리면 죽을 수 있는 상황이다. 이 인장을 새기기만 하면 정신머리가 박혀 있는 존재라면 무조건 내 말에 순종할 수밖에 없었다.

그러니까.

"주인님, 괜찮으신 겁니까?"

나는 위를 올려다보고 있는 그녀의 머리에 얹으려던 인장을 거두었다.

"물론. 내가 아주 재밌는 곳으로 가고 있는데, 그것 때문에 이러나 보다. 만만찮은 적수들도 꽤 있지. 그곳에서 같이 싸웠으면 한다."

말하며 천공수와 신전에 대한 추가설명을 곁들였다. 어느새 내 옆자리에 무릎걸음으로 온 그녀는 선언하듯 답했다.

"언제든 불러 주세요. 저는 주인님의 손이자 발이며, 영원한 종입니다."

"그래."

나는 그녀가 원하는 칭찬을 해 주었다.

'과연 나중에도 그럴지 모르겠구나.'

턱을 만져 주고 한참 머리를 쓰다듬어 주었다. 물론, 2층에서 방벽을 만들고 3층에서 그녀의 자아를 확립해 준다면 더 기뻐할 것이다.

"고맙다. 네가 비밀의 시선을 터득하면 바로 유나의 인도에 따라 들어오려무나. 내가 만든 신전으로 이어지는 문을 오직 그녀만 알고 있거든."

"유나입니까?"

"어?"

"곧 통달하겠습니다."

"그래."

벌떡 일어선 월향은 내 인도에 따라 열의를 보이며 쉬이 스킬을 터득했다. 툭 던지고 바로 이해하니 이런 학생만 있다면 선생이 무에 필요하랴 싶은 짧은 외유였다.

외전 : 〈어느 일반인의 new century〉

Z&F 기획드라마 '신세기' 제작발표회장.

넓은 공개홀 안은 기자단과 관계자들로 발 디딜 틈이 없었다. 마이크를 쥔 사회자가 옷매무새를 바로 한 뒤 무대 뒤편을 손짓했다.

"신세기의 히로인을 소개합니다!"

번쩍거리는 플래시 세례와 함께한 여성이 걸어 나왔다. 청중들의 시선을 한 몸에 받는 그녀의 이름은 김현화. 사랑스러운 외모와 연기력을 겸비한 그녀는 열여덟의 나이로 국민여동생이 되어 버린 대 인기스타였다.

'오늘도 예쁘네.'

공개홀의 가장 뒤편. 현화의 얼굴을 큼지막한 렌즈를

통해 살피고 있던 혁수는 휘파람을 불며 카메라를 조작했다.

셔터스피드는 빠르게. 그녀의 피부톤이 무척 하얀 까닭에 빛에 노출을 덜 시키는 편이 좋다. 조리개도 살짝 닫아 자그마한 그녀의 얼굴에 포커스를 최대한 맞췄다.

"됐어."

혁수는 준비를 끝마치고 기다렸다.

앞쪽의 기자들은 셔터를 마구 눌러 대며 수십, 수백 장 중에 좋은 사진 하나가 걸리길 기대하고 있었다. 그러나 혁수는 카메라에 비친 그녀의 모습을 묵묵히 바라보며 참고 또 참았다.

자연스러운 미소를 지을 때까지.

드라마의 주연들이 하나씩 무대 위 자리를 차지하고 앉았다. 마지막으로 감독이 들어와 인사했다.

혁수는 그녀의 눈동자가 반짝이는 것을 캐치했다. 감독을 존경하는 듯한 기색이 표정에서 그대로 묻어 나왔다. 아주 짧았음에도 영원이 된 것만 같은 순간. 혁수는 그대로 셔터를 눌렀다.

찰칵.

카메라의 화면에 부드럽게 웃고 있는 현화의 얼굴이 찍혔다. 혁수는 만족스러운 표정으로 다음 순간을 기다렸다.

사회자의 인터뷰가 시작됐다.

"먼저 감독님께 질문 드리겠습니다. 씬스틸러로 이름 난 최용우 씨, 초절정 미남배우 오명헌 씨, 여기에 김현화 씨까지 캐스팅 하면서 막강한 배우진을 구축하셨습니다. 이번 작품에 거는 기대가 남다르실 것 같은데요. 캐스팅에 얽힌 비화가 있습니까?"

귀밑부터 턱까지 이어지는 수염으로 산적처럼 보이기까지 하는 감독은 투박한 외모와는 상반되는 능숙한 말솜씨로 답했다.

"제작사 쪽에 좋은 배우들 잡아야 하니 돈을 많이 풀어야 한다고 강조했죠. 여기 현화 양이 아역으로 데뷔한 드라마를 저와 찍었는데 이제는 주연이 됐습니다. 그때와 비교하면 몸값이…… 어휴."

감독이 너스레를 떨자 배우들이 웃음을 지었다. 현화가 탁자 위의 마이크에 입을 댔다.

"오해 마세요. 저는 출연료 더 달라고 한 적 없어요. 그냥 감독님과 작품을 믿고 결정한 겁니다."

"그렇다네요. 그래도 여기 남주 두 명보다 많습니다."

"감독님!"

순간, 혁수의 본능이 신호했다.

찰칵.

'좋았어.'

그는 현화의 뾰로통한 표정이 담긴 사진을 보며 피식 웃었다.

본격적인 작품 얘기에 들어간 감독의 말을 경청하는 모습. 간혹 던지는 농담에 활짝 웃는 모습. 인터뷰 차례가 와 질문한 기자와 하나하나 눈을 맞추며 성심성의껏 대화에 임하는 모습까지.

모든 배우의 인터뷰가 끝나고 사회자가 말했다.

"이상으로 제작발표회를 마치겠습니다. 중앙 무대에서 포토타임이 있을 예정이니 잠시만 기다려 주십시오."

기다렸다는 듯 부산스러운 움직임이 주위에서 보였다. 좋은 자리를 선점하려는 노력들이었다. 하지만 그들과는 달리 혁수는 카메라를 가방에 담았다.

굳은 미소를 짓는 사진은 의미가 없었다. 팬클럽에 올리면 여러 사람이 좋아할 만한 사진은 이미 많이 건졌다.

집으로 돌아온 혁수는 곧장 컴퓨터 앞에 앉아 카메라를 연결했다. 팬클럽 '현화미소 닷컴'에 접속해 오늘 찍은 사진을 업로드 했다.

휴대폰을 들어 팬클럽 운영자이자 동네 형인 석호에게

문자를 보냈다.

[알바 완료. 입금은?]

[짜샤, 확인 좀 하고.]

[형, 나 몰라? 진짜 예쁜 것만 담았어.]

[기둘려 봐.]

회신에 시간이 좀 걸릴 것 같아 욕실로 향했다. 물을 틀어 얼굴을 한번 적시고 거울에 비친 모습을 살폈다.

스물여섯. 내세울 것이라곤 건장한 체격뿐인 남자가 눈을 마주쳐 왔다.

피사체를 살피는 데 취미가 생기다 보니 저절로 생기게 된 감각이 이런 말을 하는 듯했다. 그녀가 감독을 대하는 것처럼 자신에게 말을 걸 일 같은 건 절대 생길 리 없다고.

'다른 취미를 좀 가져 볼까?'

간단하게 씻고 다시 나왔더니 휴대폰이 깜박이는 중이었다.

[대박! 사람들 반응 장난 아니야. 너는 똑같은 카메라로 어째 이런 사진만 찍냐.]

[입금이나 해.]

답장을 끝낸 혁수는 모니터에 띄워진 현화의 사진을 바라봤다.

웃지 않은 듯 웃고 있는 편안한 표정. 이런 사진을 찍는 것은 전혀 어려울 것이 없다. 찍는 대상에 대한 애정만으로도 사진의 느낌이 확 바뀌니까.

팬클럽 홈페이지를 닫으려는데 화면 하단에서 배너 광고가 떠올랐다. 현화가 모델로 활동 중인 게임 광고였다.

[new century를 탐험할 능력자 모집 중! 새로운 세상으로 떠나는 모험. 지금 시작하세요!]

현화가 처음 보는 2D대륙을 향해 자신 있게 손짓하고 있었다.

국민여동생으로 불리는 배우가 요정처럼 차려입자 무척 자연스러워 보였다.

혁수는 호기심이 일어 배너를 클릭했다.

캐릭터의 육성이 자유로운 신개념 RPG라는 소개 영상과 함께 또다시 현화가 등장했다. 동영상 속의 그녀는 게임을 플레이하며 무척 즐거워하고 있었다. 자신도 랭커를 노리고 있다고 인터뷰를 마친 그녀는 혁수를 설레게 하는 마지막 한마디를 날렸다.

"같이 플레이 하실래요?"

가슴이 두근거렸다. 평소에 보았던 그녀와는 다른 느낌인 탓. 정말로 눈앞에서, 바로 곁에서 함께하자고 제안하는 듯 친근하게 다가온 메시지였다.

속삭이듯 들리는 그녀의 말은 가슴에 파고드는 느낌부터 달랐다. 아련하기까지 한 이 제안을 어찌 거절하랴.

'한다! 하고말고!'

혁수는 홀린 듯 즉시 아이디를 만들어 게임에 접속했다.

[캐릭터를 생성합니다. 이름을 입력하세요.]

'화랑'이란 타자를 치고 외형을 설정하는 창으로 들어갔다. 적당한 체격의 인간으로 결정. 따로 직업선택은 없는 것이 게임 내에서 원하는 스킬을 자유롭게 익히는 시스템 때문인 듯 보였다.

대륙지도가 보이는 로딩창이 사라지고 혁수의 캐릭터가 공터 위에 섰다. 동영상 속에서 본 현화의 캐릭터가 돌아다니던 대륙은 고레벨 지역이었다.

'갈 길이 멀구나.'

혁수는 퀘스트 목록을 차근차근 훑어본 뒤에 최적의 루트를 찾아 플레이를 시작했다.

※　　　　　※　　　　　※

클라우드는 벽 전체가 대형 스크린으로 된 방 안에 앉

아 new century의 최신 상황을 모니터링 중이었다.

우선 최종 레벨에 근접한 플레이어들 가운데 능력자로서의 가능성이 보이는 이들을 추려 목록화 했다.

눈에 띄는 것은 무투가 캐릭터를 육성 중인 양혁수. 그는 무기를 일절 사용하지 않고 오로지 주먹만 이용하는 플레이로 사냥을 진행하고 있었다.

플레이 화면을 확대하니 약해 보이는 몬스터는 전혀 건드리지 않고 센놈만 찍어 치고받고 난전을 벌이는 무투가의 모습이 나타났다.

"화랑 형답네."

플레이어들은 모르지만, new century의 캐릭터는 조종자의 실제 성장 가능성에 영향을 받는다. 양혁수의 경우 본래의 new century를 플레이하던 기억은 제거됐지만 과거에 포션을 먹은 까닭에 몸이 지나치게 건강해졌다. 무투가 캐릭터도 그 영향을 받아 웬만해선 피가 달지 않게 변해 버렸다.

싱긋 웃으며 사냥 장면을 지켜보던 클라우드는 화랑이 강력한 몬스터들이 밀집된 공간에 무모하다 싶을 정도로 돌진하는 모습을 보았다.

'저러면 죽지.'

클라우드는 화랑의 플레이 모습을 확대했다.

화랑을 인식한 몬스터들이 무리지어 몰려왔다. 파티 플레이해도 모자랄 판에 화랑은 오히려 앞으로 진격했다.

그 순간 감춰진 스킬을 알리는 메시지가 반짝였다.

[감각 증폭(Lv1).]

마치 정지된 화면처럼 화랑의 주변 공간이 느려졌다. 달려드는 몬스터의 약점을 향해 정확히 한 주먹씩. 폭발적인 힘을 낼 수 있는 화랑이기에 치명상을 안기기에 충분했다.

'얼라리요?'

클라우드의 입가에 미소가 어렸다.

"각성 초대장을 보내야겠어. 백수짓 그만하고 이쪽으로 와, 형."

❈   ❈   ❈

딩동.

혁수는 초인종 소리에 눈을 비볐다. 밤늦게까지 new century를 플레이했더니 피곤이 한가득이다. 요 몇 주 신명 나게 이어진 성장의 기쁨도 잠시. 결국, 현화와 마주치지 못했다는 실망감에 게임 삭제를 고민하다 잠이 들었다.

'우으~ 찌뿌드드해.'

머리는 몽롱. 허리는 뻐근. 몸 구석구석이 저마다 다른 소리를 와구와구 내는 상태였다. 씻기라도 해야 정신이 좀 들 법했다.

딩동. 딩동.

"가요, 가."

혁수는 푸석한 얼굴로 현관 앞에 섰다.

"누구세요?"

"택배 왔습니다. 양혁수 씨 계십니까?"

혁수는 고개를 갸웃했다. 뭘 주문했었나?

'기억은 없는데.'

문을 여니 택배 회사 직원이 손바닥만 한 상자 하나를 내밀었다. 겉면에 Z&F의 로고가 박혀 있고, 수취인이 양혁수라고 정확하게 명시된 상자였다.

"사인은 이쪽에 해 주세요."

혁수는 늘어지게 하품을 하며 침대로 돌아왔다. 잠을 더 잘까 하다 손에 쥔 상자를 살폈다.

새삼 로고가 눈에 확 들어왔다.

"new century 이벤트 상품인가?"

피식.

'뭐 요즘 열심히 하긴 했지.'

너무 많이 해서 그만할까 싶을 정도로.

혁수는 잠에 취한 채 포장을 뜯었다.

날렵한 외관의 시계 하나가 모습을 드러냈다. 휴대폰과 연동되는 스마트워치 같은데 무게가 무척 가벼운 것이 한눈에도 비싸 보였다.

만지작거리다 전원 버튼을 눌렀다.

삐빅.

시계에서 반투명의 평면 스크린이 불쑥 튀어나왔다.

"어?"

3D입체 화면을 보고 있는 것마냥 진귀한 광경에 혁수의 입이 벌어졌다.

Z&F란 회사가 홀로그램 기술을 상용화시킬 예정이라는 기사를 본 적이 있었다. 꿈의 기술이라 여겼는데 그걸 버젓이 적용한 제품을 만들고 있었을 줄이야.

시계를 이리저리 살피다 보니 스크린에 글자가 떠올랐다.

[이 단말기는 new century의 최종 레벨 도달자에게 지급되는 승격 도우미 2.0입니다. 사용자 인식을 시작합니다.]

[*주의! 시선을 돌리지 마십시오.]

스크린에 이제 막 잠에서 깨어난 혁수의 얼굴이 비쳤다. 찰칵 하며 혁수의 눈동자를 찍은 뒤 데이터베이스와 비교하는 화면이 빠르게 지나갔다.

[100% 일치. 양혁수. D 클래스.]

"뭐?"

신기하게도 자신의 정보가 이미 들어가 있었다.

[튜토리얼을 시작하시겠습니까? 예/아니오]

혁수는 어리둥절한 표정으로 스크린에 손을 올렸다. '예' 버튼에 손가락이 닿자 휴대폰을 만지는 것처럼 반응이 왔다.

[각성을 시작합니다. 스크린에서 눈을 떼지 마십시오. 10…… 9…….]

카운트다운과 함께 어딘가로 빨려 들어가는 것만 같은 몽환적인 이미지가 이어졌다. 혁수는 약간의 어지러움이 느껴졌으나 지시대로 고개를 돌리진 않았다.

지시받아서 지키는 딱딱함이 아니었다. 신기한 마음에 보다 보니 신비로운 매력에 푹 빠져서 마음이 자연스럽게 그리 움직인 것이다.

[new century를 충실하게 탐험한 당신에게 현실의 능력자가 되는 길이 열렸습니다. 자신을 갈고닦아 승격 포인트를 채우세요. 더 높은 클래스에 도달하면 특별 보

상이 지급됩니다.]

[표시된 장소에 D 클래스 수련장이 있습니다. 트레이너에게서 승격 포인트를 획득하면 튜토리얼이 완료됩니다.]

[튜토리얼 완료 보상 : 500만 원.]

스크린이 전환되어 집 주변을 입체적으로 보여 주는 지도로 변했다. 수련장이라 표시된 흰 점들이 반짝였다. 가장 가까운 곳을 향해 화살표 하나가 나타났다.

그 순간 정신이 번쩍 뜨였다. 가득 찬 풍선에 바늘이 살며시 다가와서 팡! 터진 것 같았다.

"내가 지금 뭘 본 거지?"

멍하니 되뇌었다. 꿈과 현실이 연결되는 듯한 기묘한 체험이었다. 그런데 꿈과는 확실하게 다른 사실이 있었다.

시계였다.

의문의 선물을 받고 생각지도 못한 경험을 했다. 자신에 대해 아는 누군가로부터 받은 물건인데, 의심보다는 호기심이 마음에 가득해져 갔다.

가만히 되뇌던 혁수는 지금의 이 기분이 어릴 적, 처음으로 소풍을 가기 전날 밤. 어떤 재미난 일이 있을지 기대에 찼던 그때와 같다는 것을 알았다.

"좋아. 특별 이벤트 같은 거라면 해 보자고."

시계를 손에 쥐고 고민하던 혁수는 밑져야 본전이라는 생각에 손목에 찼다. 끈 조절도 필요 없이 팔에 착 감겼다.

혁수는 나갈 채비를 했다.

D 클래스 수련장은 멀지 않았다.

'여기 같은데.'

승격 도우미 2.0의 방향지시에 집중해 걷다 보니 어느새 목표 근처에 도착했다. 트레이너가 있다는 장소를 찾아 주위를 두리번거리던 혁수는 의아함을 느꼈다.

보이는 것이라곤 평범한 주택단지뿐. 담벼락으로 이어져 있는 길의 끝에는 잡초가 무성한 넓은 공터뿐이었다. 자주 지나다니던 장소라 지리는 익숙했다. 저 공터에 사람이 얼씬거리는 걸 본 기억이 없었다.

혁수는 고개를 갸웃하며 승격 도우미를 살폈다. 화살표는 공터를 가리키고 있었다. 공터와 가까워질수록 화살표의 깜박임이 점점 빨라졌다.

이윽고 공터에 발을 내딛는 순간.

[D—82 수련장에 도착했습니다.]

메시지와 함께 안내가 끝났다.

'엥?'

정적이 감돌았다. 조용하고 허전한 공터.

"뭐야? 나 낚인 거……!"

허탈한 웃음을 지으며 고개를 들던 혁수는 입을 쩍 벌렸다.

방금까지만 해도 공터였던 곳에 버젓이 건물 하나가 자리해 있었다. 무광택의 새하얀 외벽에 창문 하나 보이지 않는 돔 형태의 건물. 외계에서 찾아온 원형 우주선이 반쯤 땅에 박혀 있는 듯한 모습이었다.

"뭐, 뭐야 저건?"

혁수는 반사적으로 뒷걸음질을 쳤다. 그리고 공터의 가장자리를 벗어나자마자 신음을 삼켜야 했다.

밖에서는 잡초가 있는 공터 그대로의 모습이었다. 형사과의 취조실에서나 쓰일 법한 내부가 보이지 않는 거울이 공터의 경계에 반투명한 형태로 자리해 있었다. 승격 도우미에서 나오는 홀로그램과 비슷한 느낌의 벽. 이건 결코 착시가 아니었다.

지이잉.

혁수는 진동과 함께 도우미에 새롭게 떠오른 메시지를 확인했다.

[트레이너와의 포인트 습득 대전을 예약하시겠습니까? 예/아니오]

헛웃음이 절로 나왔다.

'이, 이 정도 스케일의 이벤트였어?'

확실히 최고의 기업다웠다. 벽 뒤에 숨었다가 폭죽 터 뜨리며 팡파르 울리는 것과는 급이 달랐다. 그리고 지금 이 이벤트의 주인공은 바로 자신이라는 사실.

벙찌기도 하면서 어깨가 으쓱해지다가 계면쩍기도 했 지만, 기분이 나쁘지는 않았다.

"까짓 거."

상황이 잘 이해는 안 되지만 어쨌거나 포인트란 걸 습 득하면 500만 원이다.

혁수는 마음을 다잡고 '예' 버튼을 눌렀다.

[대기자 한 명. 예상 대기시간 4분입니다.]

혁수는 홀로그램 벽을 통과해 돔 형태의 건물 앞으로 걸어갔다.

건물과 가까워지자 승격 도우미에서 짧은 신호음이 흘 러나왔다. 순간, 건물 외벽에 번뜩이는 전류가 생겼다가 사라졌다.

드르르륵.

쇠가 맞물리는 소리와 함께 서서히 열리는 문.

'장난 아닌데 이거?'

그냥 들어가면 감전됐을지도 모른다는 생각이 들자 등

골이 오싹해졌다.

혁수는 슬쩍 안을 살폈다. 샌드백을 치고 있는 사람, 팔굽혀펴기와 제자리 뛰기를 하고 있는 사람, 짝을 지어 스트레칭을 하는 사람의 모습이 차례대로 눈에 들어왔다.

전형적인 체육관의 풍경인 터라 오히려 낯선 느낌이 들었다. 검은 양복에 레이저 건을 든 사람이라도 대기하고 있을 법한 분위기였는데…….

혁수는 안쪽에 발을 디뎠다. 그리고 중앙에 있는 거대한 링에 시선이 머물렀다.

선글라스를 낀 아담한 체격의 사내와 웃통을 벗은 근육질의 거한이 한창 싸움을 벌이는 중이었다.

인간이 낼 수 있는 속도라고 보이지 않을 만큼 빠른 주먹. 타격 하나하나가 건물 전체를 울릴 만큼의 굉음을 만들어 냈다.

혁수는 저들의 움직임에 감탄하느라 자신이 그것을 눈으로 수월하게 쫓고 있다는 사실은 망각했다.

선글라스 사내가 근육질 사내의 하복부를 무릎으로 찍어 올렸다. 근육질 거한의 몸이 허공에 붕 떠올랐다.

엄청난 힘!

감탄사가 절로 나왔다.

그사이 근육질 거한이 주먹을 뻗었다.

'반격?'

그렇다고 보기엔 거리가 너무 벌어졌다. 2미터의 거리를 단번에 가격할 무언가가 있지 않고서야 헛손질로 끝날 것이 분명했다.

그러나 선글라스 사내의 대응이 심상치가 않았다. 마치 다가올 충격을 대비라도 하듯 양팔을 교차한 것.

다음 순간, 혁수는 눈이 튀어나올 정도로 놀랐다.

"파…… 팔이……!"

근육질 거한의 팔이 고무처럼 늘어났다. 그의 주먹이 선글라스 사내를 강타해 링 끝까지 밀어냈다.

텅!

근육질 거한은 바닥에 떨어지자마자 몸을 뒤집어 자세를 잡았다.

선글라스 사내가 손을 들어 올렸다. 링 위의 홀로그램 전광판에 대결종료라는 글자가 생겨났다. 근육질 거한은 혁수가 차고 있는 것과 똑같은 모양의 승격 도우미를 확인했다.

"2포인트나 올랐어!"

근육질 거한이 손을 치켜들며 환호했다.

혁수는 가슴을 진정시키며 주위를 살폈다. 놀라는 사람

은 자신 혼자, 다른 이들은 별일 아닌 양 담담하게 훈련에 임하고 있었다.

놀라서 멈췄나 싶었던 심장은 쿵쾅거리며 거세게 뛰는 상태였다. 혁수는 세차게 고개를 흔들었다.

볼을 꼬집지는 않았다. 그런 거 하지 않아도 충분하게 피부로 느껴졌으니까. 문득 혁수의 뇌리로 시계의 메시지가 떠올랐다.

D 클래스 수련장!

현실의 능력자!

승격!

'설마, 진짜 능력자들의 세계라는 거야?'

잦아들던 심장박동 소리가 다시금 힘차게 들렸다.

"침착하자. 침착해."

심호흡을 크게 하며 혁수는 흥분을 가라앉혔다. 쉽지는 않았지만, 시간이 지나니 차츰차츰 이성이 제대로 작동했다.

정리해 보면 선글라스의 사내가 트레이너고, 저자와 대결해 성과를 내면 포인트라는 것을 받는 듯했다. 그리고 그 생각은 자신 역시 '습득 대전 예약'을 했음에 미쳤다.

'대기자가 한 명이었으니까 다음은…… 나?'

눈이 연신 깜빡이는 그때.

기다렸다는 듯 승격 도우미에서 메시지가 떠올랐다.

[대기자 0명. 자리해 주십시오. 시작 전 상태를 체크하려면 표시 부분에 손끝을 올리세요.]

스크린 하단에 지문인식 비슷한 아이콘이 나타났다. 그곳을 꾹 누르니 아까 찍힌 부스스한 사진이 나타났다. 그리고 그 아래 간단한 정보가 떠올랐다.

[승격 포인트 0/100. 부상 없음.]

너무 대단한 걸 봐서인지 이제는 크게 놀라지도 않았다.

손가락 하나 댄 것으로 자신의 상태를 알아챌 리가 없다고 생각하면서도 어느 샌가 수긍하는 것이다.

진기한 광경은 앞으로도 쭉 펼쳐질 듯한 예감이 들었다.

[1분 이내에 자리하지 않으면 대결이 취소됩니다.]

승격 도우미에서 경고창이 떠올랐다.

혁수는 조심스레 링에 접근했다. 선글라스의 사내가 혁수를 흘깃 살피더니 말했다.

"튜토리얼 중이군."

다행이었다. 오르자마자 시작하는 건 아니었나 보다.

"포인트 획득은 어떤 식으로 이루어집니까?"

"싸우다 보면 파악이 될 거야."

"곧바로 싸워요?"

혁수의 시선이 근육질 거한을 향했다. 대전이 끝나고 한쪽에 서 있던 근육질 거한이 코웃음을 쳤다.

"애송이, 죽지는 않으니 그냥 가서 붙어. 후후후."

명백히 깔보는 눈길이었다.

하지만 저자가 어떻게 움직였는지를 똑똑히 목격했기에 열을 받기보다는 걱정이 앞섰다. 혁수는 선글라스 사내에게 고개를 돌려 물었다.

"튜토리얼 중이라면 살살 하시는 겁니까?"

"너는 실전에 3판 2승이 있다고 믿나? 이 수련장에 왔다는 건 네 능력이 격투와 관련 있다는 걸 뜻해. 잡담 말고 올라와."

역시 현실은 따뜻한 동화 속 나라가 아니었다.

삑—!

혁수가 링에 서자 홀로그램 전광판에 대결 시작이란 글자가 떠올랐다. 이제 어떻게 해야 할까?

아주 잠깐 생각한 그사이.

선글라스 사내가 급격히 거리를 좁혀 왔다. 눈 한 번 깜박였을 뿐인데 3미터의 거리에서 코앞까지 다가왔다.

'이벤트가 뭐 이래!'

상대의 주먹이 얼굴을 스쳤다. 혁수는 그 재빠름에 당황하며 손을 들어 올렸다. 한창 태권도에 빠진 적이 있었기에 주먹을 가드 하는 것 정도는 몸이 따라와 주었다.

두근.

심장이 쿵쾅거리기 시작한 건 그때였다. 너무 긴장했기 때문인지 주변의 소리가 희미해져 갔다. 샌드백을 치는 소리도, 자신을 비웃는 근육질 거한의 웃음소리도 씻은 듯이 사라졌다.

남은 건 묵직한 주먹에 맞는 것뿐. 아플 걸 대비해 잔뜩 힘을 줬다. 시간이 얼마나 지났을까?

'뭐야, 왜 이렇게 조용해?'

혁수는 슬며시 눈을 떴다.

'어?'

선글라스 사내의 주먹이 얼굴 앞에 멈춰 있었다. 마치 움직이는 상대를 찍은 사진 한 컷을 보고 있는 것처럼. 그것이 신기하여 움츠리고 있던 손을 뻗어 보았다.

퉁.

선글라스 사내의 몸이 뒤로 살짝 밀려났다. 혁수는 그 모습을 보고 이것이 완벽히 정지된 상태가 아님을 깨달았다.

고개를 돌리니 링 밖의 사람들이 정상적인 속도로 움직이는 모습이 보였다. 구경하고 있던 근육질 사내가 눈이 휘둥그레져서 혁수를 손가락질하고 있었다.

'대체 이게 뭐지?'

링을 감싸고 있는 공간 속에 흐르는 시간이 느려졌다, 자신만 제외하고. 혁수는 이것이 new century를 여행하던 무투가로 유용하게 써먹던 기술과 흡사하다는 사실을 깨닫고 놀라고 말았다.

화아아악!

혁수의 귀로 갑작스레 주변의 소리가 전부 들려왔다. 동시에 선글라스 사내의 몸이 튕겨 나가 링 밖을 나뒹굴었다.

느려진 상태에서의 짧은 접촉. 혁수의 입장에서는 단순히 미는 것에 불과했으나 상대의 입장에서는 극한의 빠름으로 일격을 때린 것과 맞먹었다. 선글라스 사내는 꿈틀거릴 뿐 재차 일어서지 못했다.

전광판에 대결 종료가 표시됐다.

혁수는 승격 도우미를 확인했다.

[튜토리얼 완료. 개인 계좌로 보상금 5,000,000원이 지급되었습니다.]

[포인트 +155. 클래스가 상향 조정됩니다.]

[C 클래스 달성. 계인 계좌로 보상금 20,000,000원이 지급되었습니다.]

"C 클래스?"

혁수의 중얼거림에 근육질 거한이 움찔했다. 단번에 승격하는 모습에 훈련 삼매경에 빠져 있던 대부분의 사람도 부러움이 가득 담긴 시선을 던졌다.

뒤늦게 충격을 수습한 선글라스 사내가 혁수에게 다가왔다.

"당신은 이곳에서 훈련받을 수준이 아닙니다. 다음 수련장으로 이동하십시오."

갑자기 공손해진 상대의 말투에 혁수는 턱을 긁적여야 했다.

"지금 가야 해요?"

"언제 갈지는 당신의 자유입니다."

승격 도우미에 입체지도가 떠올랐다. 흰 점이 지워지고 노란 점이 생겼다. 아까와 마찬가지의 화살표가 가까운 수련장이 있는 방향을 지시했다.

혁수는 살짝 멍해진 상태로 건물을 나섰다. 홀로그램 경계를 벗어나니 돔형의 건물은 사라지고 다시 본래의 공터로 변했다.

깊고 강렬한 꿈에 풍덩 빠졌다가 나온 기분이었다. 상

쾌하고 얼떨떨했다.

'아까는 어떻게 한 거지?'

링 위에서의 경험은 상식적으로 이해가 가지 않았다. 무투가의 전용 스킬을 현실에서 사용하다니. 일순간 주변이 정지되어 버리는 경험은 생각할수록 놀라운 광경이었다.

혁수는 그 광경을 떠올리며 똑같이 해 보려고 시도했다.

두근.

[* 주의: 지정된 수련장 이외에서 능력을 사용하면 승격 포인트에 —10이 부과됩니다. 승격 포인트가 0 이하에 도달하면 보상금은 전부 채권으로 전환됩니다.]

승격 도우미에 곧바로 창 하나가 떠올랐다.

외부에서는 능력을 사용할 수 없다는 경고에 혁수는 입맛을 다셨다. 자신이 뭔가 정말 새로운 곳에 발을 들이밀었다는 자각이 든 것이다.

그리고 슬쩍 마음이 움직였다.

잘은 모르지만, 이거…… 재밌다.

혁수는 입체지도 위의 노란 점에 시선이 머물렀다. 현화를 만날 수 있을까, 반쯤 호기심에 시작한 게임을 통해 이런 세상을 만나다니.

'다음 지역에 가서 포인트를 더 따 볼까?'

현실 속의 또 다른 세계에 흥분하는 그를 보며 클라우
드는 키득키득 웃었다.

"잘 돌아왔어, 형."

파이팅!

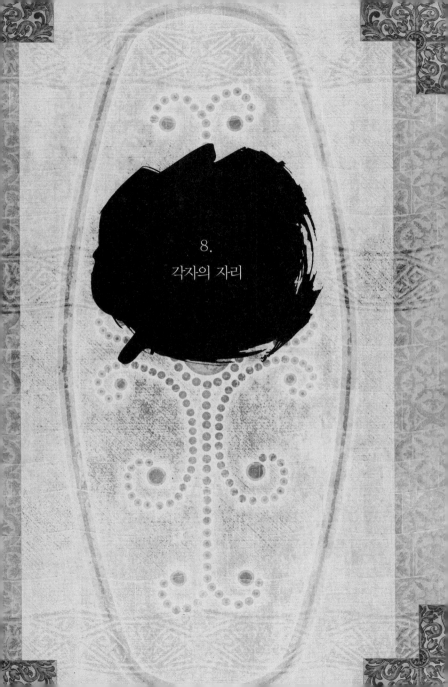

8.
각자의 자리

　짧은 외유를 마치고 천공수에 돌아오노라니 어느덧 마음의 안식이 찾아왔음을 느낄 수 있었다. 소풍을 나온 것처럼 기대되고 수련장에 온 듯 마음이 차분했다.

　천공수의 이질적인 풍경과 묵직한 마력 속에서도 냉정한 이성이 육체를 잘 관조하였다. 바깥의 공기를 흠뻑 마시고 가족을 만난 덕분인지 오늘따라 집중이 더욱 잘 되었다.

　'바로 올 수는 없겠지. 관장님의 비전을 전수받는 거니까.'

　먼저 신전에 돌아온 나는 월향이 오기를 기다리며 문을 지켰다. 당연하면서도 다행스럽게도 뮤테르의 천사들이 침략하는 일은 일어나지 않았다.

그 덕분에 명상과 사유를 하는 나만의 시간을 향유할 수 있었다.

한편, 유나는 그런 나를 대신해서 신전 여기저기를 손보고 있었다.

"방벽을 만들려는 거군요?"

『상현 스타일은 미로보다는 그쪽이잖아.』

요리조리 피하기보다는 정면으로 깨부수고 철통같이 막는 스타일이라고 한 그녀는 불교의 사찰과 내 신전의 도면을 머릿속에서 잘 융합시켰다. 그리고 역변의 흙을 작은 손으로 반죽하고는 무공의 초식, 방식, 형식을 나눠서 자세를 잡았다.

칼을 들고 창을 겨누며 머리통 크기의 주먹과 손을 내밀고 있는 역사(力士)들. 청동을 주조하여 만든 듯한 거대한 인형에 그녀는 마이크로 칩과도 같은 것을 넣었다.

에일락 반테스와 이용택 관장으로부터 터득한 내 비전을 복사해서 미간에 새긴 것이었다.

'무공을 구사하는 골렘이라……'

곧 일주문과 금강문, 천왕문에 이어 불이문까지 세운 뒤 밀적금강과 나라연금강을 시작으로 제작한 사천왕상들을 큼직하게 배치했다.

『천사들을 잠깐은 막아 줄 거야. 소리 나면 바로 달려 오면 돼.』

"루타타가 정리한 무공구결보다는 신전의 지식을 쓰는 게 더 나을 거 같습니다만?"

『그건 그런데, 그러면 상현의 무공이 떨어져. 천사들이 그거 먹으면 익힐 수 있고.』

복사본보다는 아무래도 원본이 낫다. 유나가 무공 지식을 제대로 익히지 못해서가 아니라, 신위의 보석으로 강화된 나의 진체인 까닭이었다.

대신, 부서지면 디칼립스가 자신의 마력 동력원인 심장을 떨어뜨리듯 무공과 그 기억에 깃든 나의 권능마저 일부 상실되고 만다.

『애들은 그냥 미끼잖아.』

유나는 알람 효과처럼 잠깐만 버텨 주면 되니 굳이 사천왕상을 강화할 이유가 없다는 논지였다. 물론, 그녀의 이야기가 옳았다.

"숲길에 사리탑도 만들 건가요?"

『당연하지!』

연못과 마당, 요사채도 청사진에 마련되어 있었다. 부처님이 모셔져 있다는 적멸보궁의 자리에는 하늘색 권좌

가 자리하고 말이다. 민속촌의 인형들처럼 머리가 맨들맨
들한 승려의 인형도 열심히 수작업으로 채워 넣었다.

『꼭짓점에 108번뇌랑 나찰들을 막 깔아 둘게. 이건 물
량전이야. 키메라처럼 막막 뭉치게도 해야지~』

어째 완성되어 가는 모습이 고즈넉한 사찰이라기보다
는 지옥문의 입구 같았다.

비범한 손재주를 자랑하는 유나와 달리 내 감각과 재주
는 바닥을 기는지라 딱히 도울 것이 없었다. 그저 월향이
오기까지 철통처럼 외부를 경계할 따름.

그런데 유나의 신전 꾸미기는 놀라운 결과를 불러왔
다.

딱히 다른 행동을 하지 않았음에도, 신위의 보석을 사
용하지 않았음에도 신전의 권능 자체가 강화된 것이었다.
그녀가 만든 신전의 병사들은 예상치를 웃도는 140%의
위력을 보였다.

이유는 사찰의 구성 원리가 불교의 구도 과정을 은유하
는 데 있었다.

불교의 수행자가 자기 자신을 대면하고 해탈할 수 있
는 과정 자체를 공간화해 놓았으니만큼 오직 속성력을
깡그리 뽑아내는 공장인 즈운에 신성함이 외화된 것이었
다.

"압축된 상징성이 스스로 의미를 부여한 거군요."

과연 강유나. 그저 예쁘게만 하지 않고 실용성이라는 토끼까지 모두 잡아들였다.

『나 잘했어?』

"네, 아주 잘했습니다."

『그럼 칭찬!』

방긋이 웃는 그녀의 머리를 쓰다듬어 주었다.

아니라며 고개를 도리도리 흔들더니 유나는 냉큼 날아와서는 입맞춤하고는 눈을 깜빡였다. 그리고 머리칼에 들어가서는 발을 동동 구르며 이리 뒹굴, 저리 뒹굴 했다.

✖　　　✖　　　✖

월향이 도착한 것은 한 달을 꽉 채운 날이었다. 치렁치렁한 흑단 같은 머리칼 대신 입대를 앞에 둔 장병처럼 싹둑 자른 모습이었다. 선 굵었던 눈썹 역시 여인의 그것처럼 선이 얇았다.

"조금 늦었습니다, 주인님."

무복 차림에 배낭과도 같은 큰 가방을 짊어지고 있었는데 영락없이 외국여행 처음 가는 여행객의 차림이다. 왠지 저 안에 갈아입을 옷부터 냄비, 라면, 쌀, 반찬 등이 가득 있을 것 같았다.

"무슨 일이 있었냐?"

"제가 모자라서 그만……."

하나의 스킬을 익혀서 극의에 이르는 시간이 한 달이라는 건 객관적으로 볼 때 '겨우?'라는 말이 알맞았다. 하지만 이용택 관장이나 월향 같은 이들이라면 맞지 않는 시간 개념이 된다. 늦어도 너무 늦은 게 맞았다.

"관장님께 전수받은 폭마탄강이 꽤 어려웠나 보구나?"

내게 쓰고자 만들었다는 한 수. 이른바 필살기 급의 위력일 것이 자명한 무공이다. 오는 길에 익히고 오라고 했으니 적잖게 시간이 걸렸노라고 추측했는데, 월향은 이를 부정했다.

"한낱 요령에 지나지 않아 하루 이전에 다 익혔습니다. 단지, 길을 잘못 드는 바람에 그만……."

비전을 요령으로 치부하는 모양새에서 영락없이 누군가가 오버랩 됐다. 그런데 길을 잘못 들었다니? 여긴 일방통행인데.

"무슨 말이지?"

대답 대신 큰 배낭을 끌러서는 입구를 활짝 열어 무 뽑듯이 괴생명체를 쑥 꺼냈다. 가죽이 안에 있고 골격이 바같에 있는 듯한 허연 두개골의 그것은 척추와 신경 다발, 그리고 점멸하는 전구처럼 깜빡깜빡이는 살점이 유리판처럼 달려 있었다.

평범한 사람이면 오금이 절로 저릴 듯한 충격적 비주얼의 괴물은 데룩데룩 눈알을 굴렸다.

저 몰골로 살아 있는 것이다. 월향은 척추 끝이 창날처럼 예리한 그것을 지팡이처럼 신전 바닥에 쿡 박고는 넙죽 엎드렸다.

"타이밍을 놓쳤더니 이상한 곳을 떠돌고 있었습니다."

『0.001초 늦게 진입했음!』

유나가 머리칼에 숨어서는 부언했다. 그야말로 찰나의 오차로 전혀 엉뚱한 곳에 떨어질 수 있다. 만약 월향이 아니라 한나나 이블린이었다면 우주의 미아가 되어서 비명횡사했을 일이다. 새삼 경계를 넘는다는 것이 위험하다는 사실을 인지하였다.

"주인님의 종이 말하기를 외우주의 어느 좌표라고 했습니다."

유나는 살며시 내 시야 위쪽에 영상을 투영해 주었다. 아득히 먼 곳에 별이 있고 공기와 중력조차 없는 칠흑 같은 공간에서 월향이 꼿꼿하게 자리 잡고 있는 모습이었다. 외발로 한 점을 콱 찍고 있는 그녀의 몸이 자전하는 지구처럼 빙글빙글 돌았다.

그러다 발바닥 바로 밑에서 펜던트 하나가 쏙 모습을 드러냈다. 저 좌표점을 고수하고 있었기에 문제가 생겼음을 안 유나가 통신기를 보내고 그녀가 받을 수 있었다.

『쟤 연구 대상!』

속삭이며 유나가 부르르 떨었다.

『머리카락으로 광합성 했어. 필요하면 자웅동체가 될지도 몰라.』

"……내 겁니다. 건드리지 마요."

『흥!』

솜사탕을 앞에 두고 '한 입만~' 하듯 말하려는 유나를 원천 봉쇄했다. 지식 탐구에 본성이 있는 그녀가 입맛을 다셨다.

"무전을 받으면서 최대한 버티다가 귀환했습니다. 벌해 주십시오."

"그 괴물은 어떻게 된 거지?"

"포획한 식량입니다. 저를 사냥하려 하기에 잡아서 먹으며 버텼지요."

빈곤한 그녀의 설명을 역시나 유나가 영상으로 보충해 주었다. 일부러 그랬는지 발가락에 묶인 펜던트라 시야

확보가 어려웠지만, 사연을 알 수 있었다.

우주 한복판에서 뚝심 있게 버티고 있는 그녀. 머리칼을 활짝 핀 꽃처럼 퍼뜨린 채 히말라야 정상에서 명상하듯 고요히 태극기공을 수련 중인 그녀는 붉고 푸른 색감이 그러데이션 효과와 함께 보석처럼 반짝이고 있었다.

그러한 그녀에게 무언가가 접근했다. 나무껍질 같은 장갑에 힘줄처럼 꿈틀거리는 촉수로 헤엄치는 기괴한 비행체. 그것이 유유히 우주라는 바다를 항해하다가 월향 앞에서 멈추었다. 그러고는 바닷가의 조개를 처음 본 아이가 껍질을 툭툭 건드리듯 촉수 하나를 뻗어서 월향을 슬쩍슬쩍 만졌다.

사고는 거기서 생겼다. 가만있는 월향을 보고 괴생명체와도 같이 생긴 그것이 입을 쩍 벌린 것이다. 우주선 해치가 열리듯 내부 공간이 드러나고 묘한 형태의 총을 겨눈 이들이 보였다.

생김새는 인간의 몸속에 알을 낳아서 번식하는 무시무시한 외계 괴물처럼 생긴 그것이 잔뜩 경계한 상태로 살금살금 다가오며 총에서 빛이 번뜩이는 광검으로 무기를 전환했다. 그리고 그 순간, 월향의 머리칼이 순식간에 오그라들면서 우수수 떨어진 것이다.

눈썹을 비롯한 온몸의 체모가 뭉텅뭉텅 빠져 버렸다. 괴물들이 기현상에 주춤하고 반개하여 명상에 잠겼던 월향의 눈이 번쩍 뜨였다.

그리고 쾅!

『끝.』

영상이 미친 듯이 널뛰더니만 마무리 장면에서 고정됐다. 완파된 비행체와 활활 불타고 폭발하는 배경으로 괴물의 머리통을 잡아서 척추를 뽑아내는 분노한 월향의 모습이었다.

'이건……'

피 칠갑을 한 채로 고문하되 절대로 죽이지 않는 그녀의 모습. 나름 에일락 반테스의 전쟁 경험으로 단련된 나였건만 모골이 송연해질 만큼 아찔했다.

그런 월향인지라 유나 역시도 흩어지는 외계 생명체와 문명의 자료를 조금만 확보해 달라는 부탁을 하지 못했다.

이어지는 영상은 다시금 꼿꼿하게 선 채로, 만질만질해진 민머리의 그녀가 살점 하나하나를 잘근잘근 씹으며 버티는 모습이었다.

적의 피와 체액으로 물든 그녀의 태극기공은 아름답기만 하지는 않았다.

'이거 신뢰의 낙인부터 찍고 시작해야 하는 거 아닐까? 내 밑천 다 가져갔다간 나조차 상대가 안 될 거 같은데.'

심각하게 고민되는 시간이었다.

"혹시, 비행체를 부술 때 쓴 기술이?"

"폭마탄강입니다."

……관장님, 당신은 도대체 뭘 전수한 겁니까.

"한데, 저건 왜 살려 둔 거냐?"

"네, 주인님. 주인님의 종이 이걸 보고 생체 컴퓨터라고 했습니다. 주인님께 도움이 될 거라고도 했고요."

"나? 그보다는 유나의 연구재료로 알맞을 텐데."

『꺅! 상현 바보!』

기겁한 그녀가 경고메시지를 강력하게 출연시켰다. 엎드린 월향의 몸으로부터 은밀한 살의가 어딘가로 향하자 비로소 이해했다, 유나가 짐짓 여유 있는 체하지만 월향에게 상당히 겁을 먹었다는 것을.

곤바로스가 괜히 천공수에 계약 조건을 만들어서 초인을 붙든 게 아니었다. 무력의 정점과 지식의 정점이 정면대결을 하는 건 매우 어리석은 일이다.

"……물론, 그녀의 연구물이 다 내 힘이 되니 맞는 말이기도 하다. 신전을 수호할 병사들에게도 적용된다면 전투력을 더 높일 수 있을 테니까."

"네, 주인님."

"그녀나 너나 모두 목숨처럼 아끼는 나의 종이다. 작은 질투는 있을지언정 모두가 나를 위함이니 다투지 않았으면 좋겠구나. 그러니 그 전리품은 직접 그녀에게 전해 주어라."

땅에 이마가 닿도록 숙였던 월향이 지팡이처럼 꽂았던 뼈를 집어 들었다.

그때, 심해처럼 고요하고 바위처럼 흔들림 없던 그녀의 두 눈에 반짝이는 총기가 어렸다. 그러더니 내게 고개를 들고 물어 왔다.

"혹시, 그녀가 저로서는 부족하다 한 것인지요?"

"무슨 말이냐?"

"신전을 수호할 이로 주인님이 저를 택하셨습니다. 주인님의 종은 병사들을 제작하였고요. 하면, 이는 그녀가 저의 힘을 불신하였다는 뜻이지 않을는지요?"

나는 그게 아니라며 물량전에 대비한 신전의 방어체계에 불과하다고 변하려고 했다. 그때 가슴을 탕탕 친 유나가 잽싸게 월향의 몸에 타격 포인트를 짚었다.

『아이 참! 얼른 칭찬!』

머리와 뺨부터 시작하여 가슴, 등에 분홍색이 생겼

다. 대미를 장식하는 엉덩이에는 'x100!' 이라고까지
했다.

저 뼈 지팡이가 펜던트와 마찬가지의 성능을 보이는 컴
퓨터라고 했다. 신전은 나의 기억이 모두 어린 곳인 만큼
월향은 나의 경험과 기억을 일부 습득한 것이리라.

향상된 월향의 지성은 자기가 원하는 바를 쟁취하고자
움직였다.

『재 화나면 나한테 화풀이할 거야!』

"제가 막겠습니다."

『그게 아니라고! 상현은 몰라, 힝!』

속삭여 답하니 우는 유나였다. 피식 웃음이 새어 나왔
다. 도발적인 말대답. 의문을 표하는 것. 책임이 유나에
게 있고 서로 티격태격하는 조짐을 보인 모두가 하나였
다.

'기본 베이스가 그런걸' 이라는 그녀의 말대로 열심히
일한 월향에게 맞는 칭찬법이 있으며 그녀가 직접 내게
요청한 것이다.

이래서 애들 앞에서는 말조심해야 한다. 그때 메그론의
흉내를 내지 않으면 월향이 기쁨을 느끼는 체계는 다른
식으로 형성되었을 테니까.

나는 만에 하나라는 마음으로, 혹시나 하는 심정으로

꾸짖듯 말했다.

"지금 내 뜻을 의심한 거냐?"

"아닙니다. 다만, 주인님의 종이 월권을 하였다면 마땅한 벌을 받아야 한다는 것이지요. 당연히 그녀에겐 벌이 필요합니다."

붉은 혀로 입술을 살짝 핥는 모습. 한기가 감도는 나의 신전임에도 살며시 달아오른 그녀의 피부였다. 서로 알았다.

내가 그녀의 취향과 의도를 비로소 이해했고 월향은 기대하고 있다는 사실을. 그리고 그녀는 잔뜩 원하고 있었다.

"몸에 각인되어 버리면 훗날 자유로워졌을 때도 벗어날 수 없게 될 거다. 그래도 괜찮겠냐?"

"죄송합니다. 주인님의 말씀을 이해하지 못했습니다."

벌떡 일어선 내 시야 한편에 줄로 꽁꽁 묶이고 엎드린 채 엉덩이를 맞는 누군가의 사진이 나왔다 사라졌다. 도구부터 자세들이 기상천외하기 그지없었다. 그야말로 다른 세계가 있다.

『인습은 있었던 걸 답습하는 거! 진짜 전통은 다양한 문을 활짝 여는 거! 이렇게 하면 상현은 SM계의 새로운 지평을 열 수 있어! 쟨 내구도가 끝내 주거든. 이히 힛.』

어휴.

"루타타."

『에헤헷.』

뭔 생각을 하는지 침을 흘리고 있다.

"지금부터 일어나는 일은 절대로 보지 마세요. 녹화해 둬도 안 됩니다."

『하, 한 번만 보면 안 돼? 나 진짜로 궁금해.』

"절대 안 됩니다."

관장님이 그랬지 않나. 성(性)적인 일은 부부만의 것일 때, 성(聖)적이게 되는 거라고. 남녀, 둘만의 일은 남이 알아선 안 되는 법이다.

『그럼 바깥에서 나도 해 주…….』

"장난치지 말라니까요."

유나를 획 잡아서는 정령계로 임시 추방했다.

이리 단단히 말했으니 절대로 구경하지 않겠지. 그나저나 이런 건 나도 첫 경험인데, 잘할 수 있으려나 모르겠다. 나는 슬며시 아까 책갈피 해 두듯 본 사진들을 불러왔다.

음.

너무 하드하게 말고 소프트하게 가야겠다.

☒　　　　　☒　　　　　☒

1층 심처에서 나오기 무섭게 유나가 냉큼 나와서는 신전을 잽싸게 구경했다. 막 닫히기 전의 그곳을 힐끔 본 그녀가 입을 크게 벌렸다.

『신전이 부서졌어! 어디까지 했어? 어떻게 했는데 저래?』

호기심으로 눈망울이 초롱초롱한 그녀에게 짧게 대답했다.

"환골탈태, 금강불괴."

『엥?』

양손을 그녀에게 보여 주었다. 새하얀 호캄의 손이 탱탱 붓고 벌겋게 달아올라 있었다.

『반탄력으로 이렇게 된 거?』

"호신강기가 저절로 어리더군요."

말도 마라, 처음엔 가볍게 가려고 했다. 그런데 어마어마한 재능의 육체라는 걸 내가 간과했다. 몸이 저절로 반응하며 나중엔 스킬을 튕겨 내는 통에 내 몸이 덜그럭덜그럭거렸다.

오죽하면 나중에는 대수인을 써서 볼기짝을 때려 줬겠는가.

이거 몇 번만 해 버리면 완전무결의 금강불괴지신을 내가 만들어 내는 건 아닐까 싶을 정도였다. 월향이 원하는 상을 주기 위해서라도 공격력을 높일 필요가 절실해졌다.

『디버프 기술은 안 썼어?』

"속성저항력도 함께 오릅디다."

쇠는 두드릴수록 강하고 질겨진다고 한다. 월향 역시 마찬가지였는데, 차이점은 그녀의 한계는 쉽게 모습을 드러내지 않는다는 거였다.

한계 이하의 자극은 물론, 그 이상의 자극에서는 진화하면서 적응했다.

그야말로 완벽한 전투 생명체의 위용에 절레절레 고개를 흔들어질 따름.

유나가 샐쭉한 눈으로 나를 보았다. 째려보는 것도 아니고 색기가 담겨 있는데 살짝 약 올리는 거 같은 묘한 눈초리였다.

"왜 그러는 겁니까?"

『히힛. 변태.』

뭔가 울컥 치밀었다.

"내가요?"

『그냥 때려 주는 액션만 해도 됐는데, 신음 들으려고 자꾸 한 거지?』

찰나간 월향의 모습이 옅은 홍분과 함께 떠오르려는 것을 나는 냉큼 흩어 버렸다. 내 무릎에 엎드려서 하얀 엉덩이를…… 음! 이건 아무한테도 못 보여 준다. 절대로 안 보여 줄 테다.

"안 낚입니다."

『아까비!』

하여간, 장난꾸러기다.

"그런 약점 안 잡아도 월향이 해코지하는 일은 없을 겁니다. 안심하세요."

『……어휴, 바보.』

"예?"

뭔가 장난을 치는 거 같은데 이해가 살짝 어려웠다.

뭐, 아무렴 어떠랴. 악의라고는 털끝만큼도 없는데 말이다. 이해하면 이해한 데로 웃고 당하면 당한 대로, 아니면 놀려 주는 대로 기꺼울 따름이다.

'이제 2층에 도전할 때다.'

모든 준비를 마쳤다. 월향을 기다리며 불멸의 펠마돈도 재사용 시간이 다 된 마당이다. 다시금 원래의 취지에 맞게 2층에 오를 차례였다.

　나는 피에로가 새겨진 수갑을 가만히 보았다. 위층의
이 광대는 과연 어떤 존재일까. 이와 관련된 new
century의 인물사를 되뇌며 우리는 2층에 올랐다.

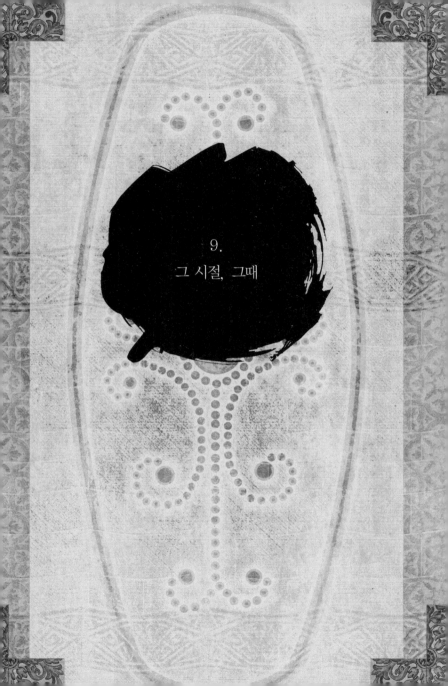

9.
그 시절, 그때

신전을 나와 절벽을 툭툭 걷어차며 천장을 향했다. 이 윽고 도착한 천장에 딱 붙어서 얼마를 기다렸을까.

수갑의 피에로가 풍선껌을 훅 하고 불었다. 분홍색의 풍선이 커지더니만 폭 터지며 화살표 하나를 만들었다. 그리고 그 방향으로 향하자 꽉 막힌 벽으로 내 몸이 쑥 들어갔다.

위와 아래가 뒤집히더니 긴 복도와 오르는 계단이 나타 났다. 알록달록하게 빛나는 조명이 길을 밝히는 이곳은 천공수 2층으로 향하는 층계였다.

'아무래도 단순히 싸우는 방식은 아닌가 본데.'

디칼립스는 강력하긴 해도 '쓰러뜨린다.' 라는 단순명

쾌한 방법이 있었다. 반면에 2층은 시작부터 다른 메커니
즘이었다.

"따로 함정은 없나요?"

『응. 전혀 안 보여.』

층의 땅 전체를 무너뜨렸던 디칼립스를 회상했다. 이곳
역시 갑자기 통로가 오그라들어 나를 압살시킬지도 모를
일. 경계를 철저히 하며 걸음을 옮겼다. 그렇게 어둑어둑
하여 끝이 가늠되지 않는 계단을 몇 분 올랐을 때였다.

문득 엉뚱한 것이 눈앞에 보였다.

―참 얄궂은 게 인생이죠?

누군가에게 묻는지 모를 문구 아래로 반짝반짝이며 시
선을 잡아끄는 물건이 있었다. 현실 세계의 물건과 매우
닮은 물건이었다. 동전을 넣고 사고 싶은 걸 구매할 수
있는 기기.

『자판기?』

유리판 너머에는 지하철 자판기에 진열된 캔 음료수처
럼 반짝반짝 빛나는 상품들이 놓여 있었다. 빨간 코의 피
에로 그림들이 상품 아래에 네 컷 만화로 설명서를 대신
했다.

―다시 시작한다면? 선택한다면?

광대 그림에 맞게 익살맞은 목소리가 안내했다. 파는

상품들은 거대화와 물어 뜯기, 포효, 과열, 철갑 피부, 은신의 전투스킬부터 공부, 운동, 사업, 예능, 상담이라는 일상의 용어까지 있었다. 이른바 소질이라는 분류에 속했다.

"이게 무슨 수작일까요? 이걸 익혀서 도전하라는 뜻?"

유나 역시 물음표만 보였다.

『피에로잖아. 뽑기가 아닐까?』

물어 뜯기는 턱 힘과 치아를 강화하여 야수처럼 물어 뜯을 수 있게 만들어 주는 부분 강화의 스킬, 포효는 전장의 함성과 같은 의미로 상대의 기를 죽이는 스킬이었다.

과열은 이른바 전투 속행이다. 아드레날린 분비에 피를 달궈 전투력을 끌어 올리지만, 앞뒤 분간 않고 썼다간 몸이 축나 버린다. 철갑 피부는 방어력을 높이는 것이니 내 체모와 합쳐지면 높은 효율을 발휘할 테고 은신의 스펠은 존재감을 감춰서 기습의 토대를 마련케 해 줄 것이다.

뭐, 어찌어찌 활용법을 찾는다면 그러했다. 소질 부분에서의 용어들은 말 그대로 재능을 강화한다고 하고 말이다. 어째 생김새가 게임 시작 때 보는 캐릭터 커스트마이징을 떠올리게 했다. 묘하긴 참 묘한 물건이었다.

『하나 사도 돼?』

유나가 자판기를 두고 빙글빙글 돌았다. 나는 고개를 저었다.

"호기심이 고양이를 죽인다지요. 의미 없는 농간은 무시합시다."

『그래도 좀 궁금한데…… 이거 털자!』

감시 카메라나 누가 있는지 휙휙 돌아본 그녀가 냉큼 드라이버와 망치를 들었다.

"그냥 가요."

날아가려는 그녀의 날개를 잡았다.

"아직 정리 못 한 지식만으로도 충분합니다. 나중에 new century를 여행하면서 구해 줄게요."

『진짜지? 꼭이야, 꼭!』

새끼손가락 걸고 약속했다.

우리는 자판기를 무시하고 계단을 올랐다. 그리고 두어 계단 오르고 뒤를 돌아보았을 때, 자판기는 사라지고 없었다. 아울러 공포영화의 한순간처럼 내가 지나온 계단들이 하나씩, 둘씩 사라지는 것이 보였다. 어둠이 공간을 삼키며 내 뒤를 쫓는 것이었다.

이를 본 그녀와 나는 동시에 피식 웃었다. 무저갱을 구성하던 강유나나 고도의 환각을 보여 준 셈티먼트에 비하면 저건 그야말로 애들 장난이다. 코끝을 자극하는 향기와 난잡한 마력의 움직임이 고작 시각과 청각을 농락하는 정도에 지나지 않았다.

"자잘한 장난을 많이 치는 모양입니다."

『저런 건 내가 해결할래.』

장총을 겨눴던 유나가 총알도 아깝다면서 손가락을 튕겼다. 한줄기 불꽃이 날아가 어둠의 가운데를 확 태워 버렸다. 그러자 거짓말처럼 처음의 자판기와 지나온 길이 고스란히 모습을 보였다.

멈추었던 걸음을 다시금 이었다. 또 어떤 식의 장난이 있을까 조심하며 걸었는데, 생각보다 싱거웠다. 계단의 끝에 피에로가 직접 모습을 드러낸 까닭이었다. 그림자처럼 언뜻 보이던 실루엣은 내가 다가갈수록 그만큼 멀어졌다.

그리고 따라오라며 손짓하고는 혼자 저편으로 넘어갔다. 광대 그림이 익살맞게 그려진 문이었다.

"바로 들어가겠습니다."

『파이팅!』

상태는 만전. 망설일 것 없이 바로 문을 열어젖혔다. 확 덮쳐 오는 흰빛 사이로 거대한 놀이동산과 손을 흔들며 반기는 피에로가 보였다.

"깨워 줘서 고마워요. 저는 비전투 타입의 술사, 메히치랍니다. 당신이 이상현 맞죠? 이런~ 성격이 급한 분이군요. 릴렉스~ 릴렉스~"

유령처럼 허공에 둥실 뜬 그가 스르르 뒤로 밀려났다. 나는 풍류보로 그를 쫓았다.

"하하. [제 공간에서는 폭력이 금지]되었답니다. 대신 수수께끼와 미로가 준비되어 있죠. 승부는 여러 방식이 있잖아요? 그런데…… 저런~ 아무것도 고르지 않았군요. 제가 준비한 내기는 꽤 각박해서 혜택을 주려는 거였는데. 뭐, 니 잘못이니까요."

흰소리만 떠들어 대는 그에게 질충을 사용했다. 급가속한 내 몸과 오롯이 실린 힘이 주먹을 타고 그의 명치에 틀어박혔다.

"후훗. [시와 때는 가장 위태로웠던 순간]입니다. 숨바꼭질이라서 [승리조건은 먼저 상대를 찾는 것]인데요. 놀이를 끝내기 싫어서 전 꼭꼭 숨을 거랍니다. 당신이 저를 못 찾으면? 영원히 꿈꾸는 겁니다. 참고로, [꿈은 깨기 전까지는 절대적 진실]이라는 거. 명심하세요."

그는 그 상태로 검지를 뻗어서 원을 그렸다. 이를 맞잡아서 힘을 주노라니 피에로의 손가락이 뒤로 꺾여서 손등에 닿았다.

"명령어는 모두 내렸으니 이제 시작입니다. 그럼 재미난 시간 되시길 바랍니다."

이를 끝으로 피에로는 속이 텅 빈 풍선처럼 펑 터졌다. 헝겊 따위가 흩날리는 사이로 분홍색의 가루가 안개처럼 일렁였다.

머리가 어질어질해졌다.

'숨을 멈췄는데.'

그뿐만 아니라 공기층을 둘러 몸을 보호하기까지 했었다. 필시 시각을 통해 정신을 혼란케 하는 것일 터. 사물들이 울렁울렁 거리며 찌그러져 갔다.

나는 정신을 견고히 다지며 만에 하나 있을 적의 공격에 대비했다. 그리고 뿌옇고 엉망진창이 되었던 시계(視界)가 정상이 되었을 때, 나는 몇 차례나 다시 뜨게 되었다.

매끈한 형태의 new century 접속 캡슐. 흥건하게 젖은 피.

태진이의 시체와 일기장이 보였다. 물먹은 솜처럼 무겁고 처지는 나의 몸은 피곤함에 찌든 중년의 그것이었다.

"……골 때리는 상황이구나."

사태를 인지하자 한숨만 푹푹 나왔다. 박 터지게 싸울 줄 알았더니 완전 뒤통수를 맞았다.

나는 공간에 원칙과 규칙을 세우는 이 방식이 신위에 도달한 이만 가능하다고 생각했었다. 그런데 지금 생각해 보니 머릿속 도서관에서 정보가 딱 나왔다.

술법으로 경지에 오른 이라면, 자기만의 영역을 선포할 수 있었던 거다. 지혜가 높으면 급박한 상황에서 바로 떠올렸겠지만, 다소 미흡하니 사후약방문격이 되었다.

'전사가 싸우는 자고 법사와 술사는 준비하는 자라더니만.'

비전투 타입이라는 메히치는 일종의 성역을 만들어 둔 것이었다. 암시장에서 규칙을 어기면 저주를 받듯이 메히치를 상대할 때는 그의 방식을 유념했어야 옳았다. 다음부터 주의해야겠다.

그러기 위해선 지금 이 순간을 잘 극복해야 한다.

그쯤, 누군가 내 어깨를 흔들었다.

"신고자 분이 정신이 없네. 거참."

"이 보세요! 이상현 씨? 이상현 씨!"

주위를 보자 낯모르는 중년인이 나를 보고 있었다. 그 옆에서는 고개를 휘휘 젓는 이가 척척한 피 바다 위의 일기장을 흔들었다.

"이거 더 볼 것도 없는데요. 이 자식도 마찬가집니다."

"하여간 게임은 게임으로 즐겨야지 말이야. Z&F에 연락해서 사망자 기록 좀 받아 놔. 꼴에 캡슐은 최고가로 했으니까 죄다 있을 거다."

경찰복을 입은 이들. 나는 회귀 전의 상황을 얼른 떠올렸다. 태진이의 죽음을 알고 그때 신고를 했었다. 지금은 회귀라는 사건을 겪지 않았다면 자연히 이어질 일상이었다.

경찰은 익숙하게 시체의 허벅지에서 자국을 찾아내더니 생소한 병과 주사기를 찾아냈다.

금지 약품이었다. 저건 내가 상상도 못했던 물건이었다.

'내 기억으로 그저 만들어 낸 가짜가 아니었나?'

넘기면 하얀 백지가 나와야 할 소설이 저절로 뒷내용을 만들어 가는 셈이었다. 맹세컨대 나는 태진이의 죽음을 다각도로 생각했어도 마약까지는 털끝만큼도 연관 지은 적이 없었다. 과연 메히치가 만든 이 세상의 세부 설정은 어디까지일까?

"여기가 태진이 집은 맞지요?"

"충격이 크신가 보네. 이거 참."

벌려 놓은 쓰레기 봉지에서도 쓰고 버린 일회용 주사기가 나왔다.

"그게, 프로 게이머란 이들 사이에서 자주 있다고 합니다. 체감도를 높이는 데는 공공연하게들 사용한다고 말이죠. 보통은 사이버 마약을 쓰는데 일부 극단적인 이용자들은 80% 이상 높인답시고 직접 투여하다가, 저리되곤 합니다."

목을 가볍게 치며 '끽.' 소리를 낸 그는 내 어깨를 두드렸다.

"new century와 전혀 관계없는 이상현 씨에게는 다른 나라 얘기겠지만 말이지요. 이 게임이 마약 같은 중독성이 아니라 진짜 마약을 쓰지 않으면 랭커가 못 되는 악마의 게임입니다."

어깨가 아팠다. 턱턱 두드린 손힘에 몸이 휘청인 것.

'통증이라니.'

이 나약한 몸이 정녕 내 것이란 말인가.

"정부에서 막아야 하는데, 젠장. 사이버 섹스니 뭐니 지들끼리만 해 처먹으니 될 턱이 있나. 예나 지금이나 그저 로비는 몸 로비가 잘 먹힌다니까. 하긴, 가짜라도 연예인들이랑 프리로 즐기면 나라도 아깝겠다."

"이봐, 일반인 앞에서 무슨 말을 해. 입조심 하라고."

"예, 선배님. 근데 이미 알 사람 다 아는 거 아닙니까."

"여기 모르는 분도 드물게 있으시잖아. 하여간 그러다 징계 먹어 봐야 '안 그럴 걸~' 하지."

말로는 기밀이니 하지만 실제론 공공연할 따름이라 한다.

주고받는 이들의 입에서 마른침 냄새도 났다. 담배 냄새가 퀴퀴했다.

'꿈은 깨기 전까지는 절대적 진실이라?'

비식비식 웃었다. 그러다 미친 듯이 고개를 세차게 흔들었다.

의심할 것 없이 100% 자살이었다. 사망처리는 녀석의 가족들이 알아서 할 터.

확인 과정에 불과한 물음에 맞춰서 답하고는 태진이의 집에서 나왔다. 정차된 경찰차. 눈앞의 거리. 보이는 풍경이 모두가 낯설고 또, 낯익었다. 마치 지금까지의 기억이 모두 꿈이고 내가 다시 구질구질한 현실로 돌아온 듯 느껴질 정도였다.

'어마어마한 디테일이야.'

메히치의 능력에 감탄했다. 그렇다면 현재의 내 상태는 어떨까?

편의점에 들러 화장실을 찾았다. 거울을 보자 피폐하고

퀭한 눈동자가 보였다.

변소에 들어가 바지를 끌러 내렸다. 왼쪽 다리의 펠마돈.

'없어.'

아무것도 없다.

"거참. 자판기에서 뭐라도 골랐어야 했나."

이 몸뚱이로 어느 천 년에 지구 어딘가에 꼭꼭 숨은 메히치를 어찌 찾을는지 모르겠다. 좌우지간 우선 몸부터 되돌리고 볼 일. 스킬이나 비전 등 내가 사용한 모든 힘은 new century의 캐릭터, 제임스와 동기화되었기에 가능했다.

그러니 지금 가능한 수단은 오직 하나였다. 에일락 반테스와 이용택 관장의 무예. 그 기초를 탄탄히 익히고 나의 무력을 쌓아 가는 거다.

나는 바지를 추켜올리고 벨트를 여유 있게 맸다.

'우선은 숨법부터 익힌다.'

우두커니 서서 호흡을 가다듬었다. 모조리 내뱉어 안을 비우고 길게 마시며 한줄기 흐름을 인도코자 하였다. 폐부 가득 채운 숨 줄기. 유적의 비전을 통해 사용하던 마력의 흐름을 강하게 떠올렸다.

그러나 명확하게 앎에도 도저히 느껴지지 않았다.

"이게 평범한 자질이란 거지."

한 번으로 될 리가 없다. 현재의 몸은 오로지 나. 이상현의 몸인 탓이다. 하나, 분명한 차이가 있었다. 육신은 그대로이나 정신이 이전과는 확연하게 다르다는 사실이었다.

'내가 최하급이지만 신위까지도 얻었던 남자다.'

정신을 가다듬었다. 숨바꼭질하자는 메히치를 찾기 위해 내 무력은 반드시 필요했다. 모래사장에 진주 한 알을 찾으려면 신진권과 강유나의 도움이 있어야 했다. 하지만 과거의 그들은 감히 내가 쳐다보지도 못할 위치에 있었다.

명예와 권력뿐이 아니라 능력 역시도 무시무시했다. 최면은 장난이고 세뇌 역시 손쉽다. 인간 개조부터 변형, 모든 정보를 통제하는 것 등 무소불위의 능력자다. 그런 그들에게 제안을 하려면 나 역시 특별해야 했다.

퍼져가는 숨에서 하나의 흐름. 현실의 내공을 찾았다.

'그래. 조금만 더!'

숨을 꽉 눌렀다. 몸이 답답하고 갑갑할수록 과거의 느낌. 강하성 소장이 억누르며 도출시켰던 답이 머리를 살짝 보이는 것 같았다.

그때.

— 뿌지직!

묵힌 대변이 마음껏 자유분방한 소리를 냈다. 퀴퀴한 냄새와 코를 찌르는 악취가 후각을 마비시켰다.

"씨벌!"

불쾌함을 가득 담아 욕하니 옆 칸에서 멋쩍은 목소리가 들렸다.

"미, 미안합니다. 변비라서……."

"됐습니다. 쾌변 보십쇼."

나는 문을 열고 당장 나갔다. 화장실은 수련에 좋은 곳이 아니었다. 사실 조금은 마음이 조급했었나 보다. 화장실에서 무작정 숨법을 익히려 했으니 말이다.

'가깝고 좋은 곳이 있었는데 이 무슨 지지리 궁상인지원.'

바깥 공기를 쐬며 나는 최적의 수련장으로 이동했다. 캡슐방이었다.

흔히 생각하는 것과 달리 세상에는 마력이 넘쳤다. 도심에는 포화 상태라 여겨질 만큼 기운이 생동했고 우리는 그 막대한 기운의 바다에서 살고 있었다.

반대로 산중 깊숙한 곳에서는 마력이 적다. 격동적이지 않고 흐름 역시 유장하였다. 그렇기에 나를 세울 수 있게 된다. 외부의 흔들림. 외부의 자극으로부터 진짜 나를 보고 깨우는 것.

'정갈하며 바른 기운을 쌓는 것이 아니라 휘둘리지 않도록 나를 다져야 한다.'

그렇기에 무공이다. 내가 공고해지는 만큼 경계가 확실해지며 그 여백만큼 무한대의 마력을 자유로이 다룰 수 있게 된다.

이것이 이용택 관장의 숨법.

외부와 나를 구분하는 선. 그 시작의 숨.

그 수련엔 누가 뭐래도 캡슐방이 최고다. 캡슐이라는 기기를 통해 포화 상태의 마력을 송출하는 이곳은, 주기적으로 기운의 공백 상태에 이른다. 송두리째 보내기에 텅 비어서 그 차이를 몸소 느낄 수 있다.

나는 그 공백의 순간, 숨길을 트고 나의 여백을 만들 요량이었다. 원체 자질이 떨어져서 금방 되지는 않겠지만 말이다. 노력하면 낙숫물이 댓돌 뚫듯이 반드시 빛을 볼 날이 있을 것이다.

엘리베이터에 오르고 과거의 캡슐방의 문을 열자 여직원이 인사했다.

"안녕하세요, 손님. 어떤 게임을 이용하실 건가요?"

"new century입니다. 요금은 선불로 하지요."

"회원이신가요?"

"아닙니다. 기기는 제일 저렴한 거로 주세요."

지갑을 열었다. 잔돈까지 탈탈 털자 간신히 5만 원이 나왔다. 회귀 전이나 후나 세월의 격차는 있지만, 액면가만 높은 화폐 단위 개혁이 있었기에 계산은 이전과 같았다.

캡슐방 시간당 이용요금은 3천 원. 좋은 기기일수록 원활한 게임이 가능한 대신에 요금도 올라간다. 나는 언제 마력 송출이 될지 모르기에 최대한 오래 있어야 했다.

"브론즈 등급 캡슐은 자리가 없습니다. 실버와 골드 급만 남아 있는데요."

고품질의 캡슐은 단가가 셌다. 카드를 썼다간 마누라한테 한 소리 들을 수도 있으니 현찰이 제일 좋은데, 돈을 찾아와야 하려나.

'가만. 내가 무슨 쓸데없는 생각을 하는 거지?'

나는 비실비실 웃었다. 옛 몸뚱이에 들어왔다가 벌써 동기화가 된 걸까. 지금 내 상황에 아내 눈치 보면서 씀씀이를 조절하다니. 황당할 따름이다.

"얼마나 기다려야 합니까?"

"글쎄요. 최소 네 시간이지만 대부분 연장하는 분들이 많아서 딱히 확답할 수가 없네요. 아시다시피 학생들이 주 고객층인지라."

"실버로 부탁합니다."

카드를 긁었다. 빵과 음료를 챙기고 30만 원 치를 끊었다.

"시간당 오천 원이며 저희 캡슐방에 가입하신다면 다섯 시간 단위로 할인해 드립니다."

"다음에 하지요."

번호 카드를 받고 캡슐로 향했다. 인식 후 들어가서 앉노라니 내 몸 상태에 맞게 젖혀지며 가장 편한 자세로 의자가 구동했다.

[띠링—!]

[저희 라이오테크 캡슐방을 찾아 주신 손님을 진심으로 환영합니다. 최고의 서비스와 품질로 보답하겠습니다. 직원 호출을 원하시면 언제고 왼쪽 손잡이 아래의 버튼을 눌러 주세요. 사용자 안전을 위해 최장 10시간마다 1회 캡슐 개방이 있으니 이점 양해 바랍니다.]

아리따운 안내 메시지는 new century로의 접속과 Z&F의 공식 홈페이지. 친목 사이트 등의 접속 경로를 보여 주었다.

'기왕 이렇게 된 거 게임도 해 볼까?'

슬그머니 상념이 들었지만 꾹 눌렀다. 이렇게 한 번, 두 번 놀다 보면 쭉 놀고 타성에 젖어 게으르게 된다. 할

땐 할 일만 제대로 하는 거다.

나는 그 상태에서 화면을 정지시켰다.

밝기를 어둡게 바꾸었다. 소리도 묵음으로 변경.

"숨 좀 제대로 쉬어 보자."

호흡. 그 하나에 오로지 집중하였다.

      ✖   ✖   ✖

단조로움에 상념이 이리저리 튀었다. 이는 당연한 일이었다. 뒤돌아보지 않기로 결단을 딱 내리는 순간 절대로 그 약속을 어기지 않는 건 비범한 사람만이 가능하니까. 하다못해 금연하기로 하고 담배를 버린 뒤 나흘 안에 후회하는 것이 보통의 사람이다.

나 역시 그 범주에 속했다. new century의 스킬 없이 혼자 명상하려고 하니 참 시간이 더디게 가는 경험을 하고 있었다. 연습과 숙련이 필요했고 이는 오직 시간이 해결해 줄 터.

'조급해하지 말자.'

포기하지만 않으면 된다. 하루하루 노력하면 언제고 이룰 수 있다. 그리 생각하며 나는 떠오르는 상념들을 스트레스가 아닌 친근한 벗으로 대하였다. 다시 보니 지금 떠오르는 생각들은 현실적인 걱정들이었다.

앞으로 어디서 지내지? 마누라를 어떻게 대할까? 먹고 살려면 호구지책은 있어야 할 텐데, 와 같은 거였다. 이 참에 하나씩 다잡고 넘어가 보자.

먹고 사는 문제는 크게 걱정할 필요 없었다. 좋은 옷과 좋은 집을 포기하면 그다지 큰돈이 필요 없으니까. 만날 친구도 없고 모임조차 없으니 허투루 지출할 부분도 없었다. 말 그대로 굶지 않고 내 재산 없이 사는 것쯤은 국가의 복지 혜택에만 기대도 무방했다.

가끔 공짜 영화 관람이나 군것질 정도만 하고.

여름엔 좀 덥고 겨울엔 조금 춥게 지내는 일. 하루에 한 번씩 목욕 못하고 드문드문하는 정도. 배부르기보다는 조금 고픈 듯이 사는 것을 사회에서는 실패한 인생이라고 한다. 비생산적인 이 활동과 평가에 대해 나 역시 동의하는 바다.

그러나 어느 시인의 말처럼, 잠시 머물렀다가 떠날 세계라면 굳이 재물에 연연치 않아도 될 것이다. 바람 따라 물 따라 들어오면 누리고 남으면 베풀며 잘 머물다 저 하늘로 돌아가리라.

'와이프와는 역시 이혼해야겠지.'

내 잘못을 모르는 바는 아니나 다른 남자와 잠자리를

가진 아내를 믿고 신뢰할 수 없다! 라는 옹색한 이유 때문은 아니었다. 결합하여 제대로 책임지다 보면 내 수련에 소홀하게 되고 나는 피에로에게 패배하게 된다.

그간 고생만 많이 시켰으니 현실적으로 보상해 주기 위해서라도 이혼하는 게 좋을 것이다. 모든 재산을 다 그녀에게 준다면, 이 허상 같은 세계에서라도 조금은 풍족할 수 있을 테니까.

없는 재산이나마 모두 넘기고 최대한 배려하는 것. 이것이 내가 할 수 있는 최선의 의리였다. 그러며 수련하고 동가식서가숙하며 지내는 비렁뱅이의 낭만을 누려 보자.

'미래의 new century를 가끔은 해 볼까? 현 랭커들을 기억해 두는 것도 돌아갈 때 재밌을 거 같은데.'

나라는 존재의 간섭이 없었던 절정기의 new century. 세계가 열광하고 태진이가 목숨까지 건 이 게임은 현재 어떤 시대와 역사가 있을까? 란티놀 제국과 에일락 반테스, 멜도란과 메그론은 기록으로라도 있으려나?

북쪽 호캄 말고 다른 영역도 밝혀졌는지 호기심이 일었다. 이 시스템을 잘 외워서 귀여운 유나에게 모조리 알려 준다면, 우리 쪽 버전인 능력자 양성용 new century에서 게임 업데이트가 아주 효과적으로 될 것 같다.

"하고 싶은 게 너무 많아. 이거야 원."

기한은 얼마로 하는 게 좋을까? 생각 같아선 나로 인해 바뀌지 않았을 미래를, 이 세상 전부를 두루 경험하고 싶었다. 하지만 이쪽과 바깥의 시간 배율을 알지 못하니 절충점을 정해야겠다. 탑의 있는 내 몸이야 굶어도 죽지 않고 위험대상인 피에로 역시 이곳에 있다고 했으니 안전은 걱정이 없었다.

천공수쯤에 오를 격에 도달한 초인들은 말속임 따위를 안 하니까. 격이란 그런 거다. 대신 new century와 현실 세상의 가족들이 나를 기다리는 것. 이 부분이 신경 쓰였다. 잠깐 나갔다 온다고 하고선 50년, 100년 있다가 오면 다들 호호백발이 될 테니까.

이용택 관장은 빼고 말이다.

'수련은 10년으로 할까? 20년이면 여기 구경도 얼추 다하겠지? 월향한테 시켰던 세계 일주를 나부터 하게 생겼어. 맞아. 여기엔 불가해했던 유적들도 그대로 있지 않을까?'

재미난 계획을 마구마구 세우다가 나는 캡슐 안에서 웃고 말았다. 분명히 나의 과거는 달라진 것이 없었다. 회귀 전의 이 상황은 내가 기억하는 최악의 현실 그대로였다. 한데, 마음가짐을 달리 먹으니 세상이 전혀 다른 색깔로 보였다.

우울하고 처참한데 술 한잔 나눌 친구조차 없던 오늘. 생활의 고단함에 찌들어 구겨진 깡통처럼 찌그러진 것만 같았던 나의 삶은 오직 내 마음이 만들어 낸 감옥에서의 풍경이었다.

나는 숨법을 터득하고 다시금 강유나와 신진권과 대등한 대화를 할 수 있게 될 것을 믿어 의심치 않았다. 시간이 수십 년 걸릴 뿐, 나는 정답을 안다. 보통의 자질이지만 나의 의지는 이미 최정점에 오른 나를 명확하게 인지하고 있었다.

자, 해 보는 거다.

'이런.'

그렇게 마음껏 상상의 나래를 펼치다가 반성했다. 숨법을 익힌다고 와서는 정작 숨에 몰입하지 않고 이게 뭐하는 거람.

"이거 명상하는 습관 들이는 데 최소 몇 달은 걸리겠어."

이래서 잡담이 재밌고 노는 게 좋나 보다.

나는 호흡을 가다듬었다. 유적에서 본 자연스러움에 기대며 나의 의지 역시 천천히 침잠하였다.

[띠링—!]

[사용시간이 만료되었습니다. 이용해 주셔서 감사합니다.]

너털웃음이 절로 나왔다. 마음 다잡고 전념한 덕에 시간 가는 줄 모르게 명상에 잠겼다. 하지만 내공은 아직 느껴지지 않았다. 첫날, 첫 술에 배 부르는 건 역시나 무리였다.

대신 약간의 효험을 본 건지 한결 정신이 정돈된 기분이었다. 아마도 플라시보 효과일 테지만, 언제고 성과를 보게 될 거다. 조급할 이유가 없노라 상념을 정리하고 캡슐의 문을 열었다.

"손님. 괜찮으십니까?"

여직원이 앞에서 기다리고 있었다. 진즉 끝났는데 나오지 않자 무슨 문제가 있는지 확인하러 온 것으로 보였다.

"예, 멀쩡합니다."

몸을 일으켰다. 사놓고 먹지 않은 빵과 음료를 챙겨서는 대기 의자에 앉아 껍질을 뜯었다. 오래 굶어서 그런지 단팥빵이 굉장히 맛있어 보였다.

한입에 쑤셔 넣었다. 볼이 가득하도록 넣고 씹노라니 기분이 좋아졌다. 먹는 것도 즐겁고 지금 내가 여기에 있다는 사실도 새삼 흥미로웠다. 옆에 놓인 잡지도 꺼냈다. 이런 내용을 잔뜩 기억해서 이블린한테 얘기해 주면 정말 좋아할 것이다.

'아직 완결되지 않은 인기 만화나 메가 히트작들도 봐 두어야지.'

쩝쩝 씹다가 음료를 벌컥벌컥 들이켰다. 목을 타고 쑥쑥 내려가자 자연스런 생리현상이 나왔다.

꺼윽—!

잘 먹었다. 그런 내게 빈 캡슐을 기다리고 있던 맞은편의 남학생이 인상을 찌푸렸다.

"아, 씨바 더럽게."

대뜸 욕을 듣기는 했지만 내가 에티켓을 어긴 거니 이해했다. 게다가 저 학생 역시도 나한테 쌍소리 한 게 아니고 그냥 자연스레 대꾸한 거로 보였다. 군대에서 뭘 해도 앞에 '씨발'이라는 단어를 붙였던 것처럼 말이다.

그땐 왜 그런 게 세 보였는지. 정확하게는 '세 보이고' 싶었는지 모를 일이었다. 삶이란 게 순간에는 치열하고 내 고민이 전부 같지만 지나고 보면 다 이렇게 담담하게 기억되는 거 같다. 망각의 힘일 것이다.

"미안합니다. 좀 굶었었거든요."

사과하니 욕설했던 학생이 '아, 예~' 하고는 친구들과 이죽거렸다.

"굶었단다. 노숙자 주제에 캡슐방은 왜 왔대?"

"그 돈으로 맛있는 거나 먹지. 여기 빵 중엔 역시 크로
켓이 좋아."

"너나 처먹어 새꺄. 근데, 쿵! 쿵! 어서 똥내 안 나
냐?"

"꺼져. 방귀 뀌어 놓고 지랄 까기는."

키득키득 거리며 나누는 얘기와 단어들이 그다지 바람
직하지는 않았다. 센 척하고 깐죽대는 모습. 단정하기보
다는 이리저리 문신도 하고 치장한 교복을 보니, 소위 논
다는 녀석들 같았다.

예나 지금이나 이런 애들은 행색이 비슷비슷한 거 같
다. 시대를 막론하는 공통점에 회귀 때 학창 시절이 떠올
라서 웃었다.

"뭘 쪼개, 이 꼰대가."

"야, 놔둬. 인생 좆망했나 본데. 딱 봐도 백수 아니
냐."

"하긴, 30시간 풀타임 했다고 알바 새끼가 좆나 걱정
하더라."

"알았다고. 아까 어디까지 했지?"

적나라한 대화에 나는 남은 음료를 꿀꺽 마시고 잠깐
고민했다.

이걸 참아야 하나? 피해야 할까? 아니면 나설까?

답은 의외로 쉽게 나왔다. 내가 경험한 영웅들은 자신의 가치관을 위하여 노력했고 각자의 펠마돈을 일깨웠다. 보스 몬스터랄 수 있었던 디칼립스 역시 흘리듯 던진 자신의 말을 지키고자 유나를 용납했었다.

즉, 나는 내가 하는 대로 완성되는 거다. 이 상황을 뒤돌아서 나갈 수는 있지만 이를 '회피하는 것'으로 인식하는 순간, 나의 격은 떨어지는 것이다. 완벽의 가치관은 존재할 수 없으나 스스로 믿는 바를 굳게 따를 필요는 있다.

고로 나서는 게 나의 정답이었다.

"이봐 학생들. 내가 실수는 조금 했지만, 그 정도로 말들을 정도는 아닌 거 같은데, 어떻게들 생각해?"

"뭐라고요?"

"아~ 예. 근데 어쩌라고요?"

염색한 한 녀석이 짐짓 캔 음료를 우그러뜨렸다. 자신들이 다수라 그런 걸까, 제법 주먹을 써 봤다고 저러는 걸까. 소위 말하는 띠거운 눈빛으로 나를 보는데 이런 경우를 자주 겪어 본 듯 생각됐다. 조금 노려봐 주면 시선을 피하는 어른들을 본 경험 말이다.

나 역시 다른 사람들처럼 그랬을 터다. 싸워 봐야 몸 아프고 돈 나가서 이중 삼중으로 손해인 건 쟤들이나 나나 다를 게 없으니까. 귀찮은 일은 피하는 게 상책이다. 한데, 정신이 싹 바뀌면서 간이 부은 거려나.

'요놈들 봐라?'

무섭지도, 귀찮지도, 짜증 나지도 않았다. 그냥 웃기기만 했다. 혈기방장한 노는 학생들을 보는데 몸에 까만 줄 긋고 호랑이인 척하는 고양이 네 마리를 보는 기분이었다.

"사과 정도는 하는 게 예의 같은데. 아무리 내가 백수에 노숙자라도 대놓고 욕 들으면 기분이 영 별로거든. 학생들은 그렇게 생각하지 않아?"

빵 봉지와 캔 음료를 분리수거 하고 녀석들을 보았다. 사실 말하면서도 사과를 받을 수 없다는 것쯤은 알고 있었다. 잘못한 걸 인정할 줄 아는 건 나이 꽤 먹은 어른도 하기 어려운 일이었다. 이건 나이의 유무가 아니라 정말로 인격과 배려의 문제였다.

"어이, 아저씨. 그냥 가던 길 가요."

"그러지 마, 호식아. 정중하게 인사드려야지. 노숙자 아저씨, 정말 죄송합니다~"

"우리가 웃어른을 몰라 뵙고 있는 그대로 말씀드렸었어요."

"가시는 길에 이불로 쓰시라고 종이박스 사 드릴게요.

됐죠?"

고전 영화 속의 집사처럼 인사하고 폴더처럼 접는데 감탄이 절로 나왔다.

요 자식들, 제법 도발할 줄 아는 새끼들 아닌가.

"학생들. 이쯤 되면 막가자는 거지?"

"에이, 앞날이 창창한 우리가 어떻게 아저씨랑 막가요?"

"아님 진짜로 함 뜨시든지."

웃음만 나온다. 안 쓰던 몸이니 예열 작업이 필요했다. 숨을 크게 마셨다가 내뱉으며 뻑뻑한 관절의 가동 범위를 점검했다. 힘을 주었다가 풀면서 전투술에서의 기초. 제임스의 스킬을 통해 내 본능에 각인된 전사의 육체를 이상현의 육신에 투영했다.

공항에서 기도비닉을 사용할 때처럼이었다. 마력이 흘러넘치고 내공이 구체화 되는 등 눈에 보이는 변화는 없었으나 강철 같은 확신으로 무장했다.

"어라? 해보자고요?"

"요즘 애들이 놀려고 얼마나 운동하는지 모르나 봐?"

놀려고 운동한다니, 뭔가 앞뒤가 이상한 말이었다.

"아, new century 말이구나."

실제 몸이 좋으면 게임에도 유리했었다. 프로게이머를

지향할수록 몸 단련이 필수가 된 세상이다. 혈기왕성한 애들이 지나치게 설친 덕분에 청소년보호법이니 하는 것들이 싹 사라졌다는 게 뒤늦게 떠올랐다.

"좀 전까지 하고 나온 거 알거든? 모른 척 연기하기는."

"원래 세상이 그렇다. 한 번이 어렵지 두 번부터는 쉽지."

"갑자기 웬 설교요?"

"너희들 말뽄새가 갈수록 지나쳐 간다는 거다. 대놓고 욕설이구나."

녀석들은 서로 보더니 킥킥 웃었다.

"그냥 조용히 쫄아서 나가기나 하세요. 똥은 무서워서 피한다면서요?"

170이 되지 않는 내 키. 중년의 몸을 비웃으며 보았다. 다가와서는 내 멱살을 쥐었다가 옷을 툭툭 털어 주기도 했다. 저들끼리 '얼~ 영화 따라하냐?', '꼰대 잡고 센 척하기는' 하는 잡담도 들렸다.

이래서 다수의 폭력이란 건 무서운 거였다. 만약 혼자였다면 이렇게까지 하지는 않았을 테니까. 자존심 싸움이 되고 서로 자극받아서 브레이크를 제대로 걸지 못하게 됐다. 그리고 오늘 이러한 일을 했는데 아무런 처벌도 받지 않는다면, 비슷한 사례가 생겼을 때 똑같이 행동할 것이다.

"내 생각엔 학습 효과가 있을 필요가 있어 보인다."

한숨을 푹 내쉬었다.

"내가 요즘 시대를 오래간만에 오긴 했지. 그런데 말이야. 아무리 세태를 잊기는 했지만, 상식적으로 보건대…… 나보다는 너희가 비정상인 거 같다."

"이거 병신인가? 아까부터 뭔 개소리래?"

"너희들. 어른 무서운 줄 모르지? 오늘 알려 주마."

내 말이 엄청난 개그였는지 녀석들이 눈물 나게 웃어 댔다.

"어른도 어른 나름이죠, 아저씨."

"아, 끝내 준다. 오늘 알려 준데. 크큭."

나도 씩 웃었다.

"대부분은 지킬 게 있어서 피하거나 한다. 그런데 너희 말처럼 나 같은 백수에 갈 곳도 없는 비렁뱅이 어른은 좀 다르단다. 너희만큼이나 뒤를 생각 안 해도 되거든."

"왜? 치게? 괜히 뼈대다 맞지나 말지?"

앞에서 깐죽대는 녀석에게 성큼 다가갔다. 투로가 쫙 펼쳐 보이지는 않았지만 내 감각이 알려 줬다. 이 녀석들은 빈틈 덩어리라고. 그에 앞서서 싸움의 기본도 안 되어 있다고 말이다.

상대를 봐야지 어디를 보고 있나. 신경을 곤두서야 할 건 너희끼리의 잘난 척이 아니라 내 움직임이다.

"멱살이란 건."

숨법은 여전히 못 느낀 상태다. 그러나 전사로서의 감은 흉내 낼 수 있었다. 나는 호흡을 혈력을 운용하듯 짧게 하며 손을 뻗었다.

"퀵!"

"그냥 옷만 쥐는 게 아니라, 이렇게 잡아야 숨통이 틀어 막히는 거다."

예쁘게 옷 구겨지라고 쥐었다가 놓는 게 아니었다. 유도의 기술처럼 상대의 옷 자체가 상대를 속박하는 무기가 되는 거다. 옥죄는 정도와 손가락의 위치에 따라 숨통을 그야말로 콱 막을 수 있다.

"그리고 운동이랑 실전은 꽤 달라."

마른 팔뚝. 핏줄 선명한 손아귀에 190에 육박하는 녀석이 번쩍 들렸다. 버둥거리다 발로 차오는 놈의 명치를 왼손으로 끊어 쳤다.

"우웩!"

"호, 호식아!"

녀석의 토사물이 올라왔다. 단박에 놈을 떨구며 등을

그대로 내려쳤다.

쾅!

엎어진 녀석이 탁자에 부딪혔다. 피가 튀고 하얀 치아가 일부 부서졌다. 몇몇 손님은 나오다가 황급히 캡슐에 다시 들어갔고 카운터의 여직원 역시 놀라서는 황급히 누군가를 부르러 갔다. 다 예상 범주 안에 있는 상황이었다.

책임질 각오가 없다면 일은 벌이지 않는 게 원칙이니까.

오늘은 회귀 후의 가치관으로 형성된 이상현의 첫 출발이었다.

"아으으! 아아악! 아파! 으아악!"

"마음에 안 들어서 때리는 것과 죽일 각오로 치는 건 이렇게 다르다. 이해되지?"

엎어진 놈의 머리칼을 잡아 올렸다. 엉망이 된 면상을 다른 학생들에게 보였다.

"혹시 이해 안 된 학생 있나? 이해가 더디면 한 번 더 보여 주마."

담담히 말하며 저들 중 가장 앞에 나온 녀석에게 손가락을 까딱였다. 이리 오라고, 친절히 가르쳐 주겠다고. 그러자 녀석들이 갑자기 사색이 되어 물러났다.

그때 내가 잡고 있는 녀석의 어깨가 들렸다.

그래도 나름 리더라고 근성은 있나 보다. 반격하려는 건가 하여 남은 손으로 갈비뼈 밑을 손날로 올려쳤다. 이어 발뒤꿈치를 뻗어 걷어차자 녀석이 왈칵 토사물을 뱉으며 나뒹굴었다.

앞의 물건들이 쓰러지며 난장판이 됐다.

'쓱. 손이 아리군.'

짧게 끊었던 숨이 확 토해졌다. 단련되지 않은 몸이 신호를 보낸 것이다. 손은 물론 쓰지 않던 근육을 모조리 썼더니 몸이 이래저래 통증으로 경고했다. 저 녀석들이 쪽수로 밀어붙이면 엄청 두들겨 맞는 수밖에 다른 도리가 없어 보였다.

"오래 끌지 말자. 내가 가랴, 니들이 오랴?"

그래도 칼을 뽑았으니 하는 데까지는 해봐야지 생각하던 때였다.

"으흐흐으…… 으아악!"

두 녀석이 뒤로 냅다 줄행랑을 쳤다.

"커……헉. 나 아파…… 어, 엄마……."

맞은 녀석이 바들바들 떨었다.

"죄송해요. 자, 잘못했어요."

어정쩡하게 선 녀석이 친구한테 다가가다가 날 보고는

갑자기 싹싹 비는 거였다.

애들…… 운다?

애들의 표정이 싹 바뀌어 있었다. 무기랍시고 긴 청소
도구를 들던 녀석은 빌다가 황급히 이를 놓았다. 전의(戰
意)까지 갈 것도 없이 마음이 완전히 꺾인 상태였다.

팔이 잘린 것도 아니고 내장을 토한 것도 아닌데 너무
빠르고 쉬운 굴복이다. 뭔가 함정이나 음모가 있지는 않
을까. 매복을 했나 도망친 놈 둘을 찾아 두리번거리기도
했다. 하지만 말 그대로 숨어서 와들와들 떠는 거만 보일
따름이다.

'아, 여긴 new century가 아니었지.'

뒤늦게 아차 싶었다. 현실 능력자들도 아니고 천공수
급의 어마어마한 괴물도 아니었다. 진짜로 보통 사람들이
다. 그런데 전투 모드에 들어가자 그런 걸 잊고 내가 할
수 있는 최선의 공격을 해 버렸다.

인지 부조화였다. 회귀 전, 이쪽에 온 지 하루도 되지
않아서 몸과 정신이 상황을 명확하게 받아들이지 못한 거
였다. 게다가 어떤 일을 저질러도 완전히 수습해 주는 강
유나도 여기선 내 편이 아니다.

"쩝. 사내자식이, 그만 좀 울어라. 네 친구 안 죽었
어."

투로는 제대로 들어갔는데 내 몸뚱이가 원체 약해 빠져서 전달이 제대로 되지 못했다. 실로 천만다행 한 일이었다.

치료비나 하라고 지갑을 뒤지는데 돈이 없었다. 얼굴을 떡으로 만들고 현찰 5만 원을 내밀자니 손이 민망하다. 청소년보호법이 없다곤 해도, 애를 묵사발 냈으니 마누라 줄 돈이나마 남을지 모르겠다. 원래 사람 사는 세상에선 사람이 제일 비싸니까.

'감옥 환경이 좋으려나. 아는 인맥이 다 거지 같으니 도움받을 곳도 없고.'

본의 아니게 내 진로를 폐관수련으로 잡게 됐다.

그때, 직원이 바삐 연 캡슐에서 한 사내가 나왔다. 아까 황급히 어디론가 갔던 여직원이 뒤에 있었다. 아무래도 책임자인 듯했다. 매너저치고는 꼭 깡패처럼 보였지만 말이다.

"아~ 거 좆같이 걸렸네. 이게 다 뭐래?"

그는 슥 둘러보더니 까까머리를 벅벅 긁었다.

"새끼들. 폐인 중에 유단자가 넘쳐 난다고, 내 그리 조심하라 했는데 말이야. 어이, 아저씨. 미안하게 됐습니다."

반팔 차림의 그는 게임 속처럼 늑대 문신이 보였다.

new century를 무척 즐기는 남자 같았다. 이 양아치 꿈나무들이 크면 저 사내처럼 될 거 같았다.

"저야말로 조금 심했습니다. 조절을 못 해서 그만……"

"어차피 길들여 주려고 했는데 오늘 액땜한 거죠. 이 새끼가 세미프로로 됐다고 설치더니만. 쯧. 뭐, 저 정도면 약 바르면 나으니 괜찮습니다. 다만 과자값은 좀 물어 주셔야겠군요. 혜미 씨가 계산 좀 해 봐. 난 애새끼 상태 좀 볼게."

대꾸하곤 널브러진 녀석을 돌리고 얼굴에 생수를 뿌렸다. 꺽꺽 대던 녀석이 친형을 만나기라도 한 것처럼 막 울려고 했다.

"형…… 아악!"

"난 남자 새끼가 우는 거 딱 질색이다."

그는 바르는 연고를 꺼내서는 듬뿍 짰다. 물을 끼얹고는 드러난 상처에 덕지덕지 발라 줬다. 다음으론 자양강장제 같은 병을 꺼내서는 뚜껑을 따서 먹였다. 그 모습에 난 이곳이 미래라는 사실을 새삼 떠올렸다.

'피부재생률을 높여 준다고 광고했었지.'

내가 무난하게 살아서 그랬지 여러모로 과거보다 성능 좋은 물건이 넘치는 게 실로 당연했다. 물론 포션에는 턱

없이 부족한 수준이지만 회귀 초장기 때의 '새살이 솔솔~' 같은 약들에 비하면 효과가 10배는 더 됐다.

"어디 보자, 앞니 몽창 나갔네. 요즘 치과 좋으니까 딴 데 새지 말고 바로 튀어 가. 아~ 그전에 이거 먼저 알아야지. 얼추 짐작은 되는데 네 입으로 들어야 맞거든. 누구 잘못이냐?"

"그게……"

"대갈통 굴리지 마."

사내가 냅다 머리를 쥐어박았다. 꿀밤이 아니라 진짜 후려치듯 제대로 때렸다.

"아악! 저 아저씨가 먼저 때렸어요."

사내는 이해한다는 듯 고개를 끄덕이며 여직원에게 눈짓했다. 그녀가 아주 살짝 고개를 저었다.

"그려. 근데 왜 네가 먼저 개긴 건 빠뜨렸냐?"

대답하지 못하자 사내가 씩 웃었다. 그는 무섭게 표정을 굳혔더니만 이내 환하게 웃었다. 울먹울먹이는 학생의 뒤통수를 퍽퍽 때렸다.

"네가 싸가지 없어서 진짜 다행이다. 네 엄마한테 그대로 말씀드리마."

"혀, 형! 제발 그것만은……!"

"너 자꾸 엉겨 붙을 거냐? 이 쓰벌놈이 후배라고 돌봐

줬더니 날 호구로 봐?"

"그게 아니고요."

"당장 꺼져."

톡톡 두드리다가 냅다 뺨을 쩍! 소리 나게 후려친 그가 캡슐방의 다른 학생들까지 찾아서는 쫓아냈다. 그는 손에 묻은 피를 손수건으로 닦았다.

"혜미 씨, 손님들 서비스 추가 시간 넣어 드려요. 아, 그리고 저 아저씨 우리 회원 분입니까?"

"아뇨. 처음 오신 거 같아요."

역시 하며 고개를 끄덕였다. 그는 악수를 청했다.

"업계 선배님 같은데, 애새끼들 때문에 욕 보셨습니다."

"저야말로 손님 줄여서 미안하지요."

"돈도 안 되는 고딩인데요. 컨트롤 좀 할 줄 알아서 귀여워했더니, 에이."

맞잡고 인사를 나누었다. 현직 종사자의 고단함이 보였다. 한편으로 이쪽이 내가 알지 못하던 태진이의 세상인가 하는 관심도 생기고 있었다.

과거의 나는 정말 피상적으로 살았구나.

"게임 잘하고 갑니다. 아, 여기 회원 가입 하는 데 조건은 없지요?"

"예, 손님. 혜택은 무궁무진 합지요. 혜미 씨~ 여기 손님~"

사내의 손짓에 여직원이 입에 미소를 달고 내게 다가왔다. 그렇게 간단한 가입 절차를 한 뒤 나는 캡슐방을 나섰다.

엘리베이터를 타고 내려온 도심의 풍경은 참으로 여느 때와 똑같았다. 꺼 두었던 휴대전화의 전원을 켜자 무단결근으로 부재중 전화에 메시지가 가득했다.

그러나 내 마음만큼 날씨는 화창하였다. 인생은 정말이지 마음먹기에 달렸다. 똑같은 하루지만 이토록 다른 걸 보니 말이다.

돌아가기 전까지 이 호기심을 많이. 그것도 아주 많이 채웠으면 좋겠다.

9 권에서 계속

스펙테이터

1판 1쇄 찍음 2015년 1월 13일
1판 1쇄 펴냄 2015년 1월 16일

지은이 | 약먹은인삼
펴낸이 | 정 필
펴낸곳 | 도서출판 **뿔미디어**

편집장 | 이재권
기획 · 편집 | 윤영상

출판등록 | 2002년 9월 11일 (제1081-1-132호)
주소 | 경기도 부천시 원미구 소향로 17(두성프라자) 303호 (우)420-864
전화 | 032)651-6513 / 팩스 032)651-6094
E-mail | bbulmedia@hanmail.net
홈페이지 | http://bbulmedia.com

값 8,000원

ISBN 979-11-315-6201-7 04810
ISBN 979-11-315-0000-2 04810 (세트)